VORWORT

Nachfolgende Aufzeichnungen stammen aus dem Zeitraum 1999-2006. ALISA Maria Vittoria REITER wurde am 8. Januar 1998 im Krankenhaus Martin Luther in Berlin-Wilmersdorf geboren. Ihr Bruder Karl BENNETT Franklin REITER kam knapp drei Jahre später, am 7. Dezember 2000, am selben Ort auf die Welt.

Nach anfänglicher Neugier und allerersten Mutter-Gefühlen bei ALISA, denen bald auch Eifersuchtsphasen folgten, haben sich beide Geschwister schon nach relativ kurzer Zeit in ihr zukünftiges gemeinsames Schicksal eingefunden. Seitdem führen ALISA und BENNETT ein aufbauendes und weiterführendes, progressives Schwester-Bruder-Dasein, das sie beide genießen. Natürlich wird ein solcher Prozess begleitet von den auf der ganzen Welt in solchen Zwei- und Mehrsamkeiten üblichen Schreien, Hieben sowie Tritten, Verpetzungen, Mundrauben, Über-Stimmungen, Ignorierungen, Eifersüchteleien, Männlichkeits- ebenso wie Feen-An- bzw. -Verwandlungen, Tanz- oder Sporteinlagen etc. Ein ewiger Fortlauf, der kein Ende zu finden scheint – und das ist besonders schön.

Ein gewichtiger Teil dieser Entwicklung sind verbale Äußerungen, die nach bestmöglicher Erinnerung, ohne Verfälschungen, Kürzungen oder nicht-authentische Dramatisierungen von mir zusammengetragen wurden. Es sind Momentaufnahmen, die mancher

Leserin und manchem Leser hier und dort bekannt vorkommen dürften bzw. ihn oder sie in dieser oder jener Weise und Variante einmal selbst zum Nachdenken, Schmunzeln, Garen oder sogar Kochen gebracht haben. Auf Kommentare wurde nicht verzichtet. Im Gegenteil sollen sie erklären helfen, Zusammenhänge deutlich zu machen, Hintergründe auszuleuchten und auf diese Weise dem besseren Verständnis dienen.

ALISAs und BENNETTs Wortschritte habe ich jeweils in zwei Kapitel geteilt: in „Die ersten Wörter" aus den ersten zwei Lebensjahren in ungefähr chronologischer Reihenfolge. Danach folgen sinn-ergebende, sinn-volle und sinn-hinterfragende Wörter, Sätze sowie Minidialoge: „Die zweiten Wörter". Die Zeichnung auf dem Buchdeckel wurde von BENNETTs Schwester ALISA am 3. September 2003 angefertigt.

Nun wünsche ich allen meinen Leserinnen und Lesern viel Spaß bei der Lektüre.

Berlin, im September 2020
Bernhard F. Reiter

Alisa

ALISA MARIA VITTORIA REITER
*08.01.1998

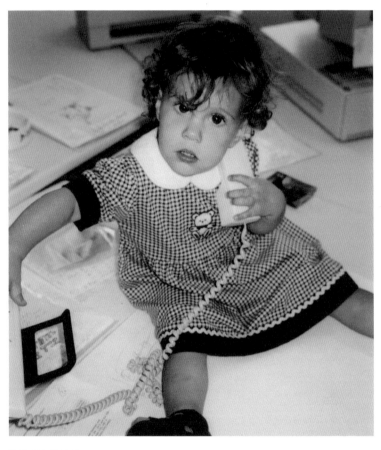

PRONTO!

Die ersten Wörter

von Sommer 1998 – Dezember 1999

(ca. ½ Jahr – rd. 2 Jahre)

Tóda (= ?) – Mama – Papa – Auto – Der Ball – nein – mehr – Der
Papa ist da – Da ist der Popel – Bille (= Brille) – Aisa/Aisi (= Alisa
= Ich. Seitdem sind Aisa oder auch Aisi die Kose- bzw. Spitznamen
von Alisa.) – Papa Reiter – Mama Reiter – Aisa Reiter – Nonna
Reiter (Nonna = Italienisch für Oma) – Tein (= Stein) – Gamma-
Gamma (= Klammer) – gebaut – Baby – Kinder gucken (= auf den
Spielplatz gehen) – Hause, heia (= nach Hause gehen , ich bin
müde) – Titanic – Der Buch – Tiddy (= Teddy) – Aaa (= Musik) –
Hoppa, hoppa Reiter – Papa pups (= da soll der Papa angeblich
gepupst haben) – Mama a-a (= Mama, ich habe Groß gemacht)
– Dada (= spazieren gehen) – der Baas (= Müll) – Tut tut – Papa
hup (= Papa hat gehupt oder Papa soll hupen) – Öl (unsere Küche
schwimmt eben in Olivenöl) – Große Stein, kleine Stein – runter –
allealle (= leer) – raufrunter (= hoch und runter) – Boot, der Boot
– Waukel (= Schaukel) – Namnam (= Essen) – oh nein – oh wein
(= ?) – Alisa sagt ja (= Ja) – Kum (= komm) – Ich komm, ich komm
– Wasser – weiter – Dusse (= Dusche) – Birne, Apfel, Nane
(= Birne, Apfel, Banane) – Gobel (= Gabel) – Peng (= Bumm)
– Bomm (= Wasserbombe) – Ich komme wieder" (immer dann,
wenn Alisa etwas holen geht, sich aufs Töpfchen setzt etc.) – Der
Bau (= Bauernhof aus Duplo-Steinen) – Die Luft ist bau – Papa
muss hupen (= bei Autofahrten, wenn der Papa lange Zeit nicht
gehupt hat)

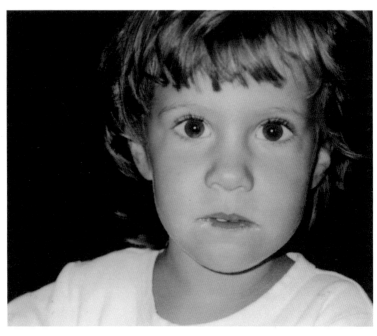

BROWNIE EYES

Die zweiten Wörter

Januar 2000ff. (ab 2 Jahren)

Januar 2000 (2 Jahre)

Mit dem Papa in der Autowaschanlage: *Papa, Auto-Dusse.*

Februar 2000 (2 Jahre und 1 Monat)

Papa schnäuzt sich die Nase mit seinem Taschentuch. ***Papa Nasen-tuch!***

Februar 2000 (2 Jahre und 1 Monat)

Alisa und ihre Mutter haben ihren Vater zwei Jahre lang fast jeden Montagmorgen zum Flughafen Berlin-Tegel und am Freitagnachmittag oder -abend von diesem mit dem Auto abgeholt. Während Alisa bei den Abholungen fragte: ***Hast du mir was mitgebracht?***, wurde daraus im Laufe der Monate: ***Was hast du mir mitgebracht?***

ab Februar 2000 (2 Jahre und 1 Monat)

Immer wenn Papa etwas vorlesen soll oder Alisa mit ihm malen möchte, heißt es nun: ***Papa lese Buch*** oder ***Papa male Hand.***

März 2000 (2 Jahre und 2 Monate)

Papa liest Alisa aus einem Kinderbuch vor. Darin ist u. a. ein Bild zu sehen von einem Jungen, der ein Stück Schokolade isst. Alisa stellt fest: ***Das ist ein Kinderschokoladenbuch.***

März 2000 *(2 Jahre und 2 Monate)*

Papa raucht auf dem Balkon, Alisa bemerkt: *Papa rauchst du – hast du Hunger?*

März 2000 *(2 Jahre und 2 Monate)*

Mama, Papa und Alisa liegen im elterlichen Ehebett, es ist Sonntagmorgen, noch sehr früh. Mama sagt zu Papa: Machst du Kaffee? Papa entgegnet: Ach mach' du doch bitte. Sie wieder: Nein, heute bist du mal dran, sonst muss ich jeden Sonntag. Er sagt: Ich habe heute keine Lust... Jetzt kommt Alisa, die bislang geschwiegen hatte: *Aber ich muss doch etwas essen!*

März 2000 *(2 Jahre und 2 Monate)*

Alisa eilt ins Elternschlafzimmer, ist gut gelaunt, sagt: *Mama-Papa, der Tag ist schon aufgestanden!*

8. April 2000 *(2 Jahre und 3 Monate)*

Auf dem Parkplatz vor dem Panorama-Museum in Bad Frankenhausen (Bauernkrieg-Monumentalgemälde von Werner Tübke). Papa, Mama und Alisa steigen aus dem Auto. Auf dem Boden bemerkt Alisa einige Ameisen und sagt: *Die Ameisen kommen gerade aus der Schule und gehen jetzt nach Hause.*

April 2000 *(2 Jahre und 3 Monate)*

Bei Rogacki, einem traditionsreichen Feinkostgeschäft und Restaurant in der Wilmersdorfer Straße in Berlin-Charlottenburg. Papa kauft frischen Fisch, zwei Forellen. In der Fischabteilung riecht es

DIVALINA

BLUE EYES

entsprechend. Während der freundliche Angestellte den Fisch aus-nimmt, vertraut Alisa ihrem Papa an: *Der Fisch stinkt am Popo.*

April 2000 (2 Jahre und 3 Monate)
Papa mahnt zur Abfahrt. Es ist Sonntag, ein echter Sonnen-Tag, Mama packt noch einiges zusammen: „Los-los, Beeilung, wir ma-chen einen Aus-flug!" Alisa fragt: *Mit dem Flug-zeug?*

Mai 2000 (2 Jahre und 4 Monate)
Papa liest Alisa aus dem Sandmännchen-Büchlein vor, kleine Ge-schichten, hier und dort sind einige Bilder zu beschreiben bzw. zu erklären. Schließlich gibt Alisa ein Geheimnis preis: *Früher war das Sandmännchen mit der Aisi verheiratet.*

Mai 2000 (2 Jahre und 4 Monate)
Papa und Alisa fahren im Auto. Papa muss an einer roten Ampel halten und sagt zu seiner Tochter: „Gibst du mir bitte Bescheid, wenn die Ampel grün wird?!" Einige Sekunden später, die Ampel schlägt um auf Grün, Alisa antwortet: *Ich gebe Bescheid!*

3. Juli 2000 (2 ½ Jahre)
Der Papa ist nicht da, wie Alisa wieder einmal feststellen muss; er ist derzeit in Dresden tätig. Sie sagt zur Mama: *Wo ist der Papa? Ich bin traurig. Ich habe keinen Papa!*

6. Juli 2000 (2 ½ Jahre)
Papa und Alisa fahren in der Berliner U-Bahn. Alisa wiederholt be-geistert alle Bandansagen: Ausstieg links... Ausstieg rechts. Nach Abfahrt von einem U-Bahnhof wieder Einfahrt in den Tunnel, was Alisa folgendermaßen interpretiert: *Hier ist es schon spät!*

29. Juli 2000 (2 ½ Jahre)

Wieder einmal in der Berliner U-Bahn, wo Alisa feststellt: *Die U-Bahn fährt snell!* Danach Umstieg in den 129er (= Ku'damm-Bus). Papa und Alisa steigen ins Oberdeck, setzen sich ganz nach vorn in die erste Reihe. Der Bus fährt los, schert aus der Bushaltestelle aus. Alisa, die keinen Busfahrer sehen kann, sagt: *Papa, der Bus fährt ganz alleine!* Weiterfahrt auf dem Kurfürstendamm, dann Vorbeifahrt an der Gedächtniskirche. Alisa bemerkt: *Guck' mal Papa, der Eiffelturm!*

Juli 2000 (2 ½ Jahre)

Mama und Alisa holen den Papa – wie fast jeden Freitagabend – am Flughafen Berlin-Tegel ab. Er arbeitet zu der Zeit in der DEKRA-Konzernzentrale in Stuttgart. Der Papa steigt ins Auto, schnelle Begrüßung, erzählt kurz vom Flug... Alisa hat auch etwas mitzuteilen. *Ich flieg' mit der Concorde!*

Am 25. Juli 2000 stürzte das legendäre Überschallflugzeug in Paris ab – 113 Menschen starben in der Katastrophenmaschine. Alisa hatte schon den ganzen Tag lang Nachrichten gehört und gesehen.

August 2000 (2 Jahre und 7 Monate)

Alisa spielt in ihrem Zimmer mit Duplo-Steinen, schüttet eine ganze Kiste auf einmal aus, um dann einige von ihnen wieder zurückzusortieren. Sie sagt: *Ich muss die Steine einleeren in die Kiste.*

August 2000 (2 Jahre und 7 Monate)

Papa packt, wie so oft am Sonntagabend, seinen Koffer, denn er muss am Montag, frühmorgens, wieder nach Dresden fahren, wohin er ein Jahr lang pendelt. Alisa steckt bzw. versteckt schon seit geraumer Zeit ein oder zwei Blättchen Gemaltes in seinem Koffer, wenn Papa auf Reisen geht. Mit solchen kleinen Überraschungen hat er seine ‚Familie immer mit dabei' und kann sich während der Trennungszeit daran erfreuen. Als Papa wieder einmal seine Wochenwäsche zusammenstellt, sagt Alisa, dass sie ihm in diesen Tagen einen Brief schicken wolle: *…und dann komme ich zu dir angeschrieben!*

September 2000 (2 Jahre und 8 Monate)

Urlaub an der Nordseeküste, Schleswig-Holstein. Alisa weiß U-Boote, von denen sie täglich erzählt, neu zu bezeichnen: *Taucherauto – Meeresboot – Meeresbootauto.*

Abends blättern wir in einem Buch über Meere, Fische und Schiffe. Auf einer Seite ist ein Taucher zu sehen, der in einem Hafenbecken nahe einer Schiffsschraube taucht – ich lese Alisa vor.
Sie sagt jetzt:
Ich schraub' die ab – dann hat das Schiff keine Schraube mehr, wenn ich die abschraube.

September 2000 (2 Jahre und 8 Monate)

Weiter Urlaub an der Nordseeküste, Schleswig-Holstein. Wir essen täglich Krabben. Alisa kann sich schon denken, woher der Name stammt. Und deshalb nennt sie diese Geschöpfe gleich richtig – nämlich: Die Krabbern! Sozusagen Sein und Tun in einem bzw. ein SubjektPrädikat. Aber bald möchte Alisa auch einmal wieder etwas Süßes essen, und zwar ein: *Micky Way!* Muss von Micky Mouse kommen, oder?

September 2000 (2 Jahre und 8 Monate)

Immer noch an der Nordseeküste, Schleswig-Holstein, in der Nähe von Dagebüll (Nordfriesland). Mama trägt einen Pullover mit Streifenmuster. Alisa identifiziert die schräg verlaufenden Fäden sofort – und sagt zu ihr: *Das sind Gräten in deinem Pullover!*

8. Oktober 2000 (2 ¾ Jahre)

Zurück in Berlin, morgens kommt Alisa ins Elternschlafzimmer gelaufen. Gutgelaunt, bemerkt sie: *Das Wetter ist schon aufgestanden!*

29. Oktober 2000 (2 ¾ Jahre)

In der Wohnung, Papa raucht auf dem Balkon (noch, denn am 7. Dezember 2000, an genau dem Tag, an welchem Alisas Bruder Bennett auf die Welt kommt, wird er damit aufhören). Nun diese kleine Charlottenburger Balkonszene: *Rauchst du schon wieder? Brauchst du einen Rauchbecher?*

Oktober 2000 (2 ¾ Jahre)

Der Alltag hat Alisa wieder, also auch der Kindergarten. Einmal sagt Mama zu Alisa: „Du bist ein Kindergartenkind." Alisa antwortet: *Und du bist eine Kindergartenfrau.*

---

4. November 2000 (2 Jahre und 10 Monate)

Alisa versucht, angestrengt zu husten, was ihr nicht gelingt. Ein Frosch hängt da wohl fest... Hilflos wendet sie sich an ihre Mama: *Der Husten lässt mich nicht husten!*

4. November 2000 (2 Jahre und 10 Monate)

Papa am Computer, schiebt eine CD ins Laufwerk. Alisa erklärt der Mama, die wohl auch nur Musik-CDs kennt: *Papa hat eine Computer-CD.* Etwas später, Papa immer noch am Computer. Alisa läuft ins Arbeitszimmer, überreicht ihm eine Zeichnung mit einzelnen Buchstaben: *Papa, ich habe dir ein Bild gemalt und ein Bild geschrieben!*

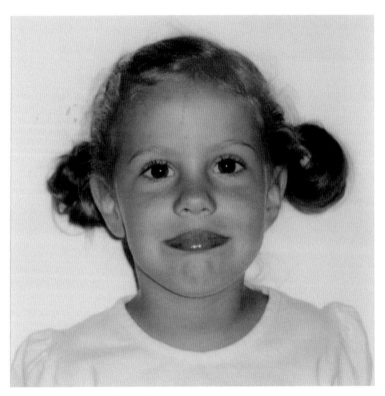

BAYERISCHE GENE

WIR WERDEN NIE ERFAHREN, WAS SIE IHM
GERADE GESAGT HAT

seit Dezember 2000 (2 Jahre und 11 Monate)

Allabendlich erzählen Mama oder Papa Alisa Gute-Nacht-Ge-schichten, Anekdoten aus ihrem Leben, berichten über Streiche (selbstvertändlich nur die harmlosen), lassen Revue passieren, wie und wo sie sich kennen und lieben gelernt haben, stellen alle ande-ren Familienmitglieder vor: auch diejenigen, die schon gestorben sind wie Mamas Papa oder Papas Nonno (Nonno = Italienisch für Opa) und nun vom Himmel, wo sie glücklich weiterleben, zu uns herunterschauen können – ebenso wie John Lennon und George Harrison von Papas *Lieblings-Beatles* (wie Alisa sie nennt), die den ganzen Tag lang dort oben fröhlich Lieder spielen und singen.

Regelmäßig lesen die Eltern auch Märchen vor: Rotkäppchen und der böse Wolf, Schneewittchen oder Pinocchio. Papa verändert die Märchen zuweilen bzw. transferiert altbekannte Handlungen in neue Umgebungen. So entsteht Blaukäppchen, das sich vor dem bösen Hai in Acht zu nehmen hat. Mit der Zeit weiß und versucht auch Alisa, in Geschichten und Abläufe einzugreifen, stellt sich jetzt schützend vor Pinocchio, der immer wieder auf falsche Freunde trifft, warnt Rotkäppchen rechtzeitig vor dem bösen Wolf und lässt Schneewittchen nicht so lange schlafen. In dieser Zeit beginnt Alisa auch, neue Wörter zu kreieren – neben Apfelsaft oder Orangen-saft entstehen weitere interessante Kreationen wie z. B. Stuhlsaft, Menschsaft oder Bettsaft.

Januar/Februar 2001 (3 Jahre und ½ Monat)

Am 7. Dezember 2000 kam Bennett auf die Welt. Anfangs war Ali-sas Interesse an ihrem Brüderchen sehr groß. Doch dies änderte sich im Verlauf der Wochen, als sie feststellen musste, dass Bennett kein vorübergehender Besucher war, sondern sich als Dauergast entpuppen sollte. Hinzu kam, dass der Papa, der in den zurückliegenden drei Jahren von/nach Stuttgart bzw. Dresden gependelt war und mit seiner Ehefrau Andrea eine so genannte Wochenend-ehe geführt hatte, endlich wieder nach Berlin zum Arbeiten zu-rückkehren konnte: Jetzt also wohnten vier, nicht mehr nur zwei Personen in der Wohnung. Und die beiden ‚Neuen' waren noch nicht einmal Mädchen oder Frauen.

Bennett selbst war ja eigentlich gar nicht so schlimm. Man hätte ihn allein durchaus ertragen können. Aber diese permanente Be-kümmerung durch seine Eltern: völlig übertrieben!

Das Schlimmste war, dass sie, Alisa, zunächst einmal als Einzige al-lein in ihrem Zimmer schlafen musste, während sich die drei ande-ren im Elternschlafzimmer gemütlich zusammengerottet hatten. Das war nicht fair, weshalb sich Alisa jetzt ihren alten Platz, nämlich den im Elternbett, zurückeroberte.

Dafür aber musste einer gehen: Papa musste das Zimmer verlas-sen. Bennett, weil er doch noch so klein war, durfte bleiben. Außer-dem suchte Alisa ihre Mutter jetzt als Freundin anzusprechen: Aus Mama wurde *Andrea!*

Die bisherige Mutter-Tochter- bzw. Eltern-Tochter-Rollenauftei-lung war aufgehoben. Papa, der jetzt im Kinderzimmer schlafen durfte, traute sich abends kaum noch, das elterliche Schlafzimmer, sein eigenes wohlgemerkt, zu betreten. Zumeist wurde er dann gleich angefaucht oder angeherrscht, kaum dass er die Tür auch nur einen Spalt weit geöffnet hatte.

Unterwürfig bat er dann, sich schnell irgendein Buch oder irgend-etwas im Zimmer Liegengelassenes oder Vergessenes herausholen zu dürfen. Und kaum dass er die Zimmertür dann wieder hinter sich verschlossen hatte, sagte Alisa zu ihrer Mutter – pardon: zu Andrea:

Du, das war der Bernhard!

Endlich hatte Andrea wieder eine Freundin – und diesmal sogar eine richtige 68erin!

DIE ITALIENISCHE FAHNE
(UND IHRE VARIANTEN)

März 2001 (3 Jahre und 2 Monate)

Alisa hat ein Bild gemalt: Am oberen Bildrand steht die Sonne, unten befindet sich ein Haus. Sie zeigt auf das Hausdach und erklärt: *Bis hierher scheint die Sonne, Papa!*

15. April 2001 (3 Jahre und 3 Monate)

Bei Rogacki, dem Feinkostgeschäft in Berlin-Wilmersdorf. Alisa fragt: *Ist der Fisch tot, Papa?* Papa antwortet: „Ja." Alisa weiter: *Der ist ja ganz schön tot, oder!*

April 2001 (3 Jahre und 3 Monate)

Alisa hat eine Papier-Medaille gebastelt und überreicht sie – es ist noch früh am Morgen – ihrem Bruder: *Guten Morgen Bennett, hier ist deine Medaille, weil du so gut geschlafen hast!*

Mai 2001 (3 Jahre und 4 Monate)

Abends, Alisa und Mama im Bett. Mama liest aus einem Märchen vor, in dem es unter anderem um ein Schloss geht. Alisa lässt sich nun genau erklären, was ein Schloss ist, wie es aussieht etc. Mama beschreibt und erklärt Schlösser in all ihren Dimensionen, auch den finanziellen, und kommt zum Schluss:

„Wir werden uns wohl leider kein Schloss leisten können, Alisa." Alisa hätte eine Lösung vorzuschlagen: *Aber wir können uns doch eins mieten!*

PS: Hauptsache Schloss. Papa dachte beim Wort Schloss immer an eine Liedstrophe von Hildegard Knef, in der es heißt: „Und das Schloss, von dem er sprach, war ein Vorhängeschloss im Keller, in dem er sich erschoss." Er hatte schon immer eine besondere Einstellung zur Schmarotzer-Aristokratie und deren über Jahrhunderte unrechtens erworbenes Eigentum. Für ihn waren sie alle ganz einfach nur „von und zur Scheißes" eben.

11. August 2001 (3 Jahre und 8 Monate)

Abflug in den Sommerurlaub nach Sizilien – diesmal mit der KLM von Berlin-Tegel via Amsterdam nach Catania. Mama, Alisa und Bennett reisen heute mit einem kleinen so genannten City Hopper, einer Fokker 70. Und die lassen sich schon bei kleinsten Turbulenzen gern in Luftlöcher fallen – so auch beim heutigen Anflug auf AMS-Schiphol. Alle Passagiere sind inzwischen regungslos geworden, stumm und starr vor Angst. Aber eine junge mitreisende Berlinerin, Alisa, freut sich riesig und ruft immer wieder: *O ja, toll, noch einmal, noch einmal, toll, toll!!!*

September 2001 (3 Jahre und 8 Monate)

Urlaub auf Sizilien. Papa erzählt seiner Tochter nach der Rückkehr aus der Stadt, wo er kurz einkaufen war: „Der Sandmann war da, Alisa, ich habe ihn vorhin gesehen, wie er am Strand von Capo d'Orlando Sand aufgeladen hat. Den braucht er wohl für seine Besuche bei den Kindern." Alisa – ganz aufgeregt: *Papa, nächstes Mal musst du ihn festhalten. Ich muss ihn sehen, ich muss ihn unbedingt sehen!*

Oktober 2001 (3 ¾ Jahre)

Alisa zeigt ihrem Vater (Selbst-) Gemaltes: *Papa, das hier ist ein Dreieck, das ein Viereck und das ein Rundeck!*

Oktober 2001 (3 ¾ Jahre)

Alisa vor dem Audio-Regal im Wohnzimmer, worin u. a. Mamas und Papas alte LPs/Langspielplatten stehen (darunter selbstverständlich auch die „Mamas & Papas"). Alisa besitzt auch schon einige Arten von Tonträgern, z. B. MCs/Music-Cassetten oder CDs/Compact Discs. Aber heute möchte sie mehr, heute will sie alles. Entschlossen zeigt sie auf die LPs und sagt: *Papa, ich möchte auch solche großen CDs wie ihr haben!*

ERSTE FAHRSTUNDE

10. November 2001 (3 Jahre und 10 Monate)

Papa und Alisa unterhalten sich abends vor dem Zubettgehen, Papa sagt: „Bald haben wir einen besonderen Tag zu feiern, Alisa, und zwar unseren Hochzeitstag, Mamas und Papas Hochzeitstag am 13. Dezember. Dann sind Mama und Papa nämlich schon sieben Jahre lang verheiratet!" Alisa fragt: *Und dann nicht mehr?*

---

11. November 2001 (3 Jahre und 10 Monate)

Alisa guckt sich Mamas (Gold-) Inlays genauer an – und fragt: *Mama, warum habt ihr denn Schmuck im Mund?*

1. Dezember 2001 (3 Jahre und 11 Monate)

Papa und Alisa auf einer Herrentoilette – Alisa musste dringend. Es ist nicht zu verleugnen, dass es in dieser Stätte der Notdurftverrichtung ganz furchtbar stinkt, was Alisa nicht entgangen ist: *Es riecht ja grauenhaft von den Männerpopos!*

10. Dezember 2001 (3 Jahre und 11 Monate)

Weihnachten naht – Alisa kann es eigentlich gar nicht mehr aushalten. Zum Papa sagt sie: *Später will ich auch einmal Weihnachtsmann werden – aber ich bringe euch dann auch was im Sommer vorbei!*

12. Dezember 2001 (3 Jahre und 11 Monate)

Kurz vor der Weihnachtsfeier im Kindergarten. Dieses Jahr wird „Schneewittchen und die sieben Zwerge" aufgeführt. Alisa ist einer von diesen – und sie erklärt der Mama: *Ich spiele den Zwerg. Das ist eine wichtige Rolle!*

13. Dezember 2001 (3 Jahre und 11 Monate)

Es dauert nicht mehr lange bis zum Weihnachtsfest. Alisa kann es – wie alle Kinder – kaum noch erwarten, erkundigt sich täglich, ja stündlich nach dem Fest, wie viele Tage es denn noch dauerte etc. Heute hat sie einen neuen Einfall: *Mama, ich möchte mal den Weihnachtsmann von Bennett sehen!*

24. Dezember 2001 (3 Jahre und 11 Monate)

Zur Bescherung ist es noch hin. Alisa fragt ihren Papa beim Fernsehen: Irgendeine Teenie-Pop- bzw. Popo-Tanzgruppe gibt ihr Bestes – und das alles äußerst leicht, wenn überhaupt bekleidet. Alisa ist neugierig: *Papa, kann man einfach nur mit Unterhose und Unterhemd in die Disco gehen?* Der verklemmte Papa antwortet: „Ich glaube, man sollte das lieber nicht tun, Alisa." Er scheint seine Tochter nicht wirklich überzeugt zu haben, sie fragt nochmals: *Aber in die Disco? Geht doch, oder!?*

24. Dezember 2001 (3 Jahre und 11 Monate)

Vorbereitung für den Messebesuch. Papa sucht seine besten Sachen zusammen, erzählt dabei seiner Tochter, dass die Mama von Beruf Schnittdesignerin ist, natürlich ebenfalls den Papa immer bestens beraten und kleiden würde. Alisa darf auch heute wieder einmal für den Papa eine Krawatte aussuchen – und sie sagt: *Das, was die Mama macht, möchte ich nicht werden. Ich möchte Krawatten-Aussucherin werden!*

25. Dezember 2001 (3 Jahre und 11 Monate)

Alisa und Papa schauen fern. Ein Pferd rast durch die Landschaft, über Wiesen, Flüsse, Hügel. Berge. Alisa meint: I*st ganz schön schnell, das Pferd, ist wohl ein Rasepferdchen! Kann eigentlich auch Flügel haben!?*

SCHÖNE HEILE WELT

VOM WINDE VERWEHTE

25. Dezember 2001 (3 Jahre und 11 Monate)

Mama hat Alisa ein Stück Traubenzucker gegeben, was ihr sehr schmeckt. Sie fragt deshalb: *Hast du noch mal ein Pulverbonbon?*

9. Januar 2002 (4 Jahre und 1 Tag)

Papa und Alisa unterhalten sich – wieder einmal längerer Gute-Nacht-Dialog, heute über Gott und die Welt: *Wohnt Gott im Himmel?* „Ja." *Und nicht bei uns?* „Ja." *Warum nicht? Kann er mich sehen?* „Ja, er sieht alle Menschen – und ist auch bei ihnen."
Warum kann ich ihn nicht sehen? Kommt er auch uns Menschen besuchen? „Ja." *Kommt er dann mit dem Fallschirm? Hat er einen Fallschirm? Oder hat er einen Schirm?!* Nicht zu übersehen, wie Alisa jetzt denkt: *Bestimmt hat er einen Schirm, dann kann er besser einschweben!*

11. Januar 2002 (4 Jahre)

Einkauf mit Mama. Alisa, die etwas gekauft haben möchte, es aber nicht bekommt, philosophiert in ihrer Konsumverderbtheit – Kind der Zeit eben: *Neue Sachen sind schöner, die sind immer schön heil!*

15. Januar 2002 (4 Jahre)

Kurzer Winterurlaub im Harz. Alisa gewährt unserem Vermieter in Elbingerode, der gar nicht gefragt hatte, einen kleinen Einblick in unseren Stammbaum: *Meine Mama ist eine Deutsche, mein Papa ist ein halber Deutscher, denn Nonna, seine Mutter, ist eine Italienerin. Ich bin eine Viertelitalienerin. Wir wohnen in Berlin, in Charlottenburg, in der Weimarer Straße.* Eigentlich hätte Alisa ihm auch gleich noch unsere aktuellen Kontostände mitteilen können, oder!?

31. Januar 2002 (4 Jahre)

Alisa und der Vater im Zwiegespräch: *Bin ich lieb?* „Ja, du bist das liebste Mädchen dieser Welt!", so ihr Papa. *So ein Mädchen hat sonst kein Papa, nicht!?!*

seit Januar 2002 (4 Jahre)

Alisa hat sich wohl einen neuen „Früh am Morgen vertreibe ich euch alle!"-Begrüßungsspruch ausgedacht. Denn an jedem Morgen, wenn der Papa ins Schlafzimmer kommt, die Jalousien hochzieht und Alisa einen „Guten Morgen!" wünscht, antwortet seine Tochter neuerdings – dreifach hält schließlich besser: *Verschwinde, hau' ab und geh weg!*

Februar 2002 (4 Jahre und 1 Monat)

In Berlin, abends, beim Vorlesen und Geschichtenerzählen. Alisa möchte wieder von Papas Familie hören. Der Papa berichtet also zum x-ten Mal: *Mein Papa ist ein Deutscher, meine Mama, ist eine Italienerin...* Weshalb Alisa – wiederholt – beschließt: *Ich möchte auch eine Italienerin sein!*

Februar 2002 (4 Jahre und 1 Monat)

Mama, Papa und Alisa beim Abendessen. Mama sagt: „Du, Papa, Alisa hat schöne Schnecken gemalt!" Papa fragt seine Tochter: „Stimmt das, Alisa, kann ich die morgen mal sehen, zeigst du sie mir? Dann kann ich sie mir vielleicht auch in einen Ordner heften." Alisa antwortet: *Jaaaaa, die nimmt doch keiner weeeeeg!*

Februar 2002 (4 Jahre und 1 Monat)

Alisa spielt mit Duplo-Steinen, richtet ein Schlafzimmer ein mit diversen Betten – und spricht dabei: *Der Papa braucht kein Bett, denn er muss viel Geld verdienen. Er arbeitet Tag und Nacht!*

11. Februar 2002 (4 Jahre und 1 Monat)

Alisa entdeckt auf dem Oberarm ihres Onkels Jens eine Tätowierung und fragt ihn gleich: *Soll ich dir auch etwas auf deinen anderen Arm malen, einen Sandmann mit einem ganz langen Bart – ja wirklich!*

22. Februar 2002 (4 Jahre und 1 Monat)

Kurzurlaub in Kühlungsborn an der Mecklenburger Ostseeküste, abends in einem Mühlen-Restaurant. Alisa und eine Freundin gleichen Alters, Kim Michelle aus Neumünster, starren bzw. gucken neugierig zu einer Contergan-Frau, die an einem Tisch im Kreis ihrer Familie und Freunde sitzt. Der Runde scheint diese Beobachtung sehr unangenehm zu sein, denn Alisa und Kim Michelle werden plötzlich aufgefordert zu gehen: Man wolle nun ungestört essen! In diesem Moment stoßen wir Eltern, Ingrid und Thomas Schulze zu unseren Töchtern, um die Abfahrt kundzutun. Doch Alisa erzählt empört: *Die hat uns weggeschickt und hat gesagt: ‚Wir essen jetzt!‘ Aber die haben gar nicht gegessen, sondern nur geraucht. Die haben die ganze Zeit geraucht!* Papa fragt, ob vorher etwas gewesen wäre. Alisa antwortet: *Nichts war. Wir haben nur geguckt. Die hat komische Arme, das sieht ja lustig aus!*

---

3. März 2002 (4 Jahre und 2 Monate)

Papa guckt Fern, viel Werbung, zappt herum:
Guckst du das auch alles, Papa?

März 2002 (4 Jahre und 2 Monate)

Auf dem Spielplatz, Alisa gräbt im Sand: *Weiter unten ist nasser Sand, das ist der unterirdische Sand!*

März 2002 *(4 Jahre und 2 Monate)*

Alisa bei einer Routineuntersuchung beim Kinderarzt. Die sympathische Arzthelferin mit (türkischem?) Migrationshintergrund stellt Alisa vorab ein paar Fragen, lässt sie einige Bilder beschreiben etc. Auf einem Bild ist ein fliegender Vogel zu erkennen. Die Helferin fragt: „Woher fliegt den Vogel?" Alisa würde sich anders ausdrücken – und sie tut es auch: *Du meinst, wohin fliegt der Vogel?* Es bleibt der Eindruck, als hätte die Helferin diese kleine Korrektur nicht wirklich verstanden.

14. April 2002 *(4 Jahre und 3 Monate)*

Papa und Alisa blättern in einem Buch über die Entstehung der Erde, der Menschheitsgeschichte, der ersten Fische, der Dinosaurier u. a.

Dann entdecken sie das Bild von einem hässlichen, furchterregenden Fisch – und Alisa kommentiert bzw. beschreibt die Situation sofort: *Und hier hat er wahrscheinlich eine Angel, damit er dann andere Fische angeln und fressen kann. Und dann frisst er auch das Kind, nachdem er die Mutter gefressen hat, damit es dann nicht allein ist. Dann sind sie alle zusammen im Bauch!*

---

16. April 2002 *(4 Jahre und 3 Monate)*

Alisa klettert auf Papas Rücken, reitet und sagt: *Reite, mein Pferd, reite!*

16. April 2002 *(4 Jahre und 3 Monate)*

Alisa und Papa in der Küche: *Papa-Pipi-Kacka-Papa!* „Alisa! Solche schmutzigen Wörter nimmst du bitte nicht in den Mund, hörst du!"

MISS WELLNESS

SEITENBLICKE

Sie erwidert: *Aber die Wörter kommen immer nachts, krabbeln dann rein in meinen Mund, das sind – glaub' ich – Kaulquappen. Da kann man gar nichts machen!*

---

9. Mai 2002 (4 Jahre und 4 Monate)
Vater und Tochter unterhalten sich, Vater fragt: „Möchtest du später einen Prinzen oder lieber einen König heiraten?" *Ach, einen ganz normalen Mann. Wie du, Papa!*

9. Mai 2002 (4 Jahre und 4 Monate)
Mama und Tochter unterhalten sich im Wohnzimmer, Mama saugt gerade Staub, Alisa hat eine Idee: *Wir brauchen einen Roboter, Mama, der für uns arbeitet und die Hausaufgaben macht und außerdem in die Roboterschule geht.*

31. Mai 2002 (4 Jahre und 4 Monate)
Zweiter Urlaubstag in Portugal, Sagres an der Algarve. Wir gehen, wie fast jeden Abend, ins Restaurant, essen, wie fast jeden Abend, Fisch. Wieder ein kleiner kulinarischer Höhepunkt – wie an fast jedem Tag. Alisa sieht bzw. schmeckt das anders. Sie probiert – und stellt für sich schon nach dem ersten Bissen fest: *Ich esse lieber Italienisch!*

15. Juni 2002 (4 Jahre und 5 Monate)
Morgens im Elternschlafzimmer, wo auch das Reisebett von Bennett steht. Alisa ist schon früher eingetroffen. Nun weint Bennett, will aus dem Bett gehoben werden, aber er lässt sich einige Male

nach hinten fallen. Alisa kennt diese Szenen – und kommentiert: *Der Bennett wirft sich immer so dramatisch hin!*

17. August 2002 (4 Jahre und 7 Monate)
Es ist Tag der offenen Tür im Kanzleramt, Berlin-Mitte. Ein äußerst sonniger Sonnentag, überall Menschen. Es wird gedrängelt, es ist heiß und schwül. Alisa bemerkt: *Meine Brüste sind ganz verschwitzt!*

17. September 2002 (4 Jahre und 8 Monate)
Papa liest vor aus einem Buch über die Geschichte des Papiers, seine Herstellung, das Baumfällen, zunächst der kranken Bäume, den einzelnen Verarbeitungsschritten, dem Retten der Wälder etc. Alisa ist schwer beeindruckt. Eine wichtige Botschaft des Buches, nämlich der sparsame Umgang mit Papier, kommt bei Alisa sofort an. Auch sie hat einen Umweltbeitrag anzubieten: *Dann können wir doch alles wieder wegradieren, ich habe einen tollen Radiergummi!*

Oktober 2002 (4 Jahre und 9 Monate)
Alisa hat eine Frage an den Papa: Weihnachten ist doch eigentlich nichts Besonderes, oder? „Doch, doch", sagt der Papa, „da wird doch Jesus Christus geboren." *Ach, dann wird jedes Jahr ein Jesus geboren?*

22. Oktober 2002 (4 Jahre und 9 Monate)
Mama ist zum Arzt gegangen. Papa erklärt Alisa: „Mama ist zum Arzt gegangen. Dort lässt sie sich eine Spritze geben von Frau Onkel Doktor." Alisa versteht nicht ganz: *Wieso sagst du nicht Tante Doktor?*

27. Oktober 2002 (4 Jahre und 9 Monate)
Alisa zu ihrer Mutter in der Küche: *Mama, ich bin gut für Fernsehgucken gelaunt!*

MARESCIALLINA

29. Oktober 2002 (4 Jahre und 9 Monate)

Alisa singt Bennett in den Schlaf: *Fai la ninna, fai la nonna!*

(Eigentlich: „Fai la ninna, fai la nanna" = „schlafe", nicht Nonna = Oma. Italienisches Schlaflied für Kleinkinder)

November 2002 (4 Jahre und 10 Monate)

Mama ruft und bittet Alisa, sich endlich anzuziehen – es ist schon spät am Abend. Alisa bleibt stur in der Küche sitzen, reagiert nicht, sagt schließlich: *Ich habe meine Frist verlängert!*

Dies ist eine Strophe aus dem Lied „Der Weg" auf Herbert Grönemeyers Erfolgs-CD „Mensch". Schon seit Monaten darf/kann/muss Alisa diese CD mit/hören, sei es zu Hause, sei es im Auto auf den Fahrten mit Papa und Mama. Schon im September/Oktober 2002, nach einer längeren Autofahrt mit ihren Eltern, hatte sie beim Ausstieg bemerkt: *Das ist die schönste CD, die ich je gehört habe!*

November 2002 (4 Jahre und 10 Monate)

Alisa schaut ab und zu – wie alle Kinder und Erwachsenen – Werbung im Fernsehen. Es lässt sich eben nicht vermeiden. Von einigen Beiträgen scheint sie aber ganz besonders beeindruckt zu sein, denn sie hat ihrem Papa jetzt eine sehr wichtige Mitteilung zu machen und ihm diesen Ratschlag zu geben. Sie stürmt in die Küche und erklärt: *Wenn du Fragen hast, Papa, dann musst du zu deinem Arzt oder zu deinem Apotheker gehen!* So einfach ist das manchmal: *babyeinfach!* sogar – wie Alisa neuerdings am liebsten sagt.

8. November 2002 (4 Jahre und 10 Monate)

Alisa bringt Bennett zu Bett: *Gute Nacht, mein kleiner Penis!*

17. November 2002 (4 Jahre und 10 Monate)

Weihnachten naht. Die ersten Weihnachts-Trickser-Überlegungen werden angestellt. Alisa befragt ihre Eltern – und hat zugleich einen klugen Vorschlag:

Der Weihnachtsmann kommt doch, wenn wir in der Kirche sind, oder!? „Ja." *Dann können wir doch einfach nur rausgehen und spazieren gehen, einmal ums Haus herum.* „Ja, wieso denn?" *Das ist dann nicht so langweilig!*

17. November 2002 (4 Jahre und 10 Monate)

Alisa hat einen speziellen Papier-Tannenbaum für ihre Puppen gebastelt: *Ich habe jetzt auch einen Tannenbaum für meine Puppen. Mit denen feiere ich dann zuerst Weihnachten. Und danach feiern wir dann alle zusammen mit euch im Wohnzimmer.*

23. November 2002 (4 Jahre und 10 Monate)

Italienische Momente – Alisa zu Papa: *Nächstes Jahr werde ich schon cinque!*

24. November 2002 (4 Jahre und 10 Monate)

Alisa gibt ihrem Bruder Bennett einen Kuss auf die Wange – und sagt: *Küsse mit Träumen sind das!*

23. Dezember 2002 (4 Jahre und 11 Monate)

Weihnachten steht bevor – Alisa kann es kaum noch aushalten und macht sich sehr viel Gedanken: *Der Weihnachtsmann kann in meinem Kopf sehen, was ich mir wünsche.*

31. Dezember 2002 (4 Jahre und 11 Monate)

Papa hat zu seinem Geburtstag am 31.12. eine CD-Box von ABBA bekommen, genauso wie er sie sich gewünscht hatte. Und er hört

NACHDENKER

sie jetzt oft. Alisa macht sich Sorgen, kann es eigentlich gar nicht fassen: *Hat denn der Papa die ABBAs jetzt lieber als seine Lieblings-Beatles?*

4. Januar 2003 (5 Jahre)

Auf dem Weg nach Dänemark – Einfahrt in die Stadt Neumünster zum Stop over-Frühstück bei Nonna und Nonno. Alisa mustert die im Vergleich zu Berlin doch etwas kleiner geratenen Einfamilien-Häuser und erklärt – nicht ohne eine gewisse Verachtung: *Das sind ja Babyhäuser, die sind ja mini!*

7. Januar 2003 (5 Jahre)

In Houstrup-Strand an der Nordseeküste Dänemarks, nordwestlich von Esbjerg. Spieleabend mit Familie Schulze. Vater Thomas greift ermahnend ein: „Nicht schummeln, Aisi!" Irgendwie ertappt, entgegnet sie: *Ich bin ein schlaues Kind, ich schummle nicht. Ich habe noch nie in meinem Leben geschummelt!* Aha! Wer sonst könnte das schon von sich behaupten?

22. Januar 2003 (5 Jahre)

Abends, Papa und Alisa erzählen sich Kuschel-, Gute Nacht-, Grusel-, Streich-, Lügen-, Lach- und Familiengeschichten. Jetzt ist Alisa dran: *Also. Eines Tages, mitten in der Nacht...*
Seitdem werden alle Abend- und Nachtgeschichten von Alisa auf diese Weise eröffnet.

26. Januar 2003 (5 Jahre)

Alisa klärt ihre Mutter über die Fortschritte ihrer Erziehungsmaß-nahmen bei ihrem jüngeren Bruder auf:
Mama, ich habe Bennett jetzt alle Wörter mit blöd beigebracht: blöder Kalender, blödes Auto, blöder Ball... Da kann man stolz sein.

27. Januar 2003 (5 Jahre)

Alisa und Papa blättern in einem Fotoalbum – die Bilder sind aus dem Zeitraum 1960-1970. Alisa fragt: *Warum sind die Bilder alle so schwarz und so weiß?*

31. Januar 2003 (5 Jahre)

Mama näht ein Kostüm für Alisa: *Ich bin glücklich, wenn mein Kostüm fertig ist. Und du bist glücklich, dass du wieder nähen kannst!*

22. Februar 2003 (5 Jahre und 1 Monat)

Abends, Gute-Nacht-Gespräche. Papa fragt Alisa nach ihrem „Lieblingsbuch?" *Pipi Langstrumpf!* „Und wie heißt dein Lieblingsgericht?" *Nudeln!* „Und welcher Baum ist dein Lieblingsbaum?" *Weihnachtsbaum!*

7. März 2003 (5 Jahre und 2 Monate)

Beim Frühstück in der Küche – Alisa hat Hunger: *Ich nehme noch ein Kuchenbrot mit Käse.* Kuchenbrot ist Rosinenbrot.

8. März 2003 (5 Jahre und 2 Monate)

Alisa muss ihrer Mutter dies jetzt anvertrauen: *Mama, der Bennett hat mich getreten – und so geht das den ganzen Tag!* Wir Eltern sind froh, dass nur eines unserer Kinder so furchtbar gewalttätig ist.

8. März 2003 (5 Jahre und 2 Monate)

Alisa und Papa unterhalten sich – und rechnen, was nicht immer so ganz einfach ist: *Ich bin 4 Jahre älter als Bennett.* „Nein, Alisa, du bist 3 Jahre älter als Bennett: Du bist 5 und Bennett ist 2." *Aber dazwischen – also zwischen 2 und 5 – sind doch 3 und 4: Also bin ich 4 Jahre älter!*

EISZEIT

JA BITTE?

20. März 2003 (5 Jahre und 2 Monate)

Papa zu seinen Kindern: „Morgen fahre ich in die Autowerkstatt, wollt ihr mitkommen? Wir müssen die Reifen wechseln, die Winterreifen kommen runter." Alisa weiß, was dann passieren wird: *Bekommen wir dann die Frühlingsreifen?*

22. März 2003 (2 Jahre und 2 Monate)

„Mein Kissen!" sagt Bennett. „Mein Kissen!!!" – schreit er jetzt. Bennett liegt bei den Eltern im Schlafzimmer und verlangt nach seinem Sandmännchen-Kissen, das – noch – im Kinderbett liegt. Nur holen darf's jetzt gern ein anderer: Freiwillige vor!

„Bitte! heißt es", korrigiert ihn die Mama. „Mein Kissen, bitte!" Jetzt klettert Alisa in sein Bett, schnappt sich Bennetts Kissen und überreicht es ihrem geliebten Bruder mit den Worten einer wahren Retterin: *Es geht auch ohne Bitte!*

12 Points für die Verräterin – oder: Wie falle ich meinen Eltern am besten in den Rücken?

22. März 2003 (5 Jahre und 2 Monate)

Papa, Mama, Bennett und Alisa blättern in einem Kinder-Bilder-Lexikon. Zu sehen ist eine Eidechse. Der Papa erklärt: „Weißt du, Alisa, dass die Eidechse, wenn sie einmal verfolgt wird – zum Beispiel von einem Hund oder einem Fuchs, ihren Schwanz abwerfen kann. So überrascht sie ihre Feinde und gewinnt gleichzeitig einen Vorsprung vor den Verfolgern.

Die stehen dann verdutzt vor dem liegen gelassenen Schwanz, während sich die Eidechse selbst aus dem Staub machen kann." Alisa bemerkt: *Und dann kehrt die Eidechse später zurück – und holt sich ihren Schwanz wieder ab.*

Papa antwortet: „Nein, das tut sie nicht!" Alisa will es jetzt aber wissen (und der Papa hätte dieses Kapitel besser gar nicht erst eröffnet): *Wie geht denn der Schwanz ab?* „Ich weiß es doch auch nicht genau, Alisa." *Wahrscheinlich schlägt sie mehrmals drauf, bis er abfällt!*

23. März 2003 (5 Jahre und 2 Monate)

Nach einem Sonntagsspaziergang auf der Fahrt nach Hause. Alisa zu ihrer Mutter: *Mama, ich glaube, ich bin als indisches Sternzeichen eine Taschenlampe!* „Wieso? Wieso denn das?", fragt die Mama. *Ich glaube es ja nur!*

20. April 2003 (5 Jahre und 3 Monate)

Auf dem Flohmarkt. Alisa sucht Mama und Papa, die sie gerade verloren hat, und findet sie auch wieder (und zwar genau so): *Ich finde euch Scheiße! Wo seid ihr, Paaapaaa, Maaamaaa??*

1. Mai 2003 (5 Jahre und 4 Monate)

Alisa sinniert über einen Kindergartenfreund, den Serben-Jungen Srdzan: *Srdzan sagt, dass ich in ihn verliebt bin. Und ich glaube, ich bin's auch fast!*

11. Mai 2003 (5 Jahre und 4 Monate)

Auf dem Berliner Funkturm, oberste Etage – wir blicken auf die Stadt: sehen das ICC, die Berliner Stadtautobahn, schauen in Richtung Osten nach Berlin-Mitte mit dem Potsdamer Platz, dem Fernsehturm, dem IHZ, den Regierungsbauten rund um den Reichstag usw. Alisa kommt das alles ziemlich klein vor. (Vielleicht erinnert sie alles ein bisschen an Neumünster?): *Sieht ja aus wie Lego!*

11. Mai 2003 (5 Jahre und 4 Monate)

Auf dem Spielplatz, Alisa muss mal schnell für kleine Mädchen – kommt zurück und berichtet: *Mein Vorderpopo ist noch nass!*

22. Mai 2003 (5 Jahre und 4 Monate)

Am Ende der Vorschuluntersuchung fragt der Arzt, wem Alisa nun von der – erfolgreich verlaufenen – Vorschuluntersuchung erzählen wolle. Alisa antwortet: *Der Biene (= Sabine) im Kindergarten!* Der Arzt fragt weiter: „Ach so, ist das deine Erzieherin? Hat sie danach gefragt?" *Ja!* Der Arzt weiter: „Aber zu Hause, da ist doch dein kleiner Bruder, und der versteht das ja wohl noch nicht? Wem könntest du es denn noch erzählen? Wer ist denn da noch zu Hause?" *Niemand, keiner!* Der Arzt bohrt weiter, er will Alisa auf den Papa bringen. Endlich gibt sie nach – sie hatte seine Absicht von Anbeginn erahnt: *Dem Papa will ich es gar nicht erzählen!*

23. Mai 2003 (5 Jahre und 4 Monate)

Berlin, im Zoologischen Garten. Alisa vermisst eine Rasse oder womöglich ganze Tierart – die verquickte Mischung aus Seelöwen und Robben: *Wo sind denn jetzt die Seerobben?*

28. Mai 2003 (5 Jahre und 4 Monate)

Letzter Tag im Kindergarten, Alisas Abschiedsfest. Sie ist traurig, beginnt zu spüren, zu begreifen, dass sie den Kindergarten für immer verlassen wird und sagt zur Mama: *Ich möchte noch einmal so jung sein wie Bennett!*

28. Mai 2003 (5 Jahre und 4 Monate)

An Alisas letztem Kindergartentag: Mama hatte einen Kuchen gebacken. Nach der Abschlussfeier fragt Alisa ihre Mutter sehr ernst, denn es scheint, als hätten nicht alle Kinder gut gegessen – und

Alisa fühlt sich wohl verantwortlich: *Warum war nichts Koscheres im Kuchen drin?* Ein Kind im Kindergarten ist jüdischen Glaubens, und seine Eltern achten sehr auf die Ernährung. Sie hatten zuvor auch Alisas Mama Andrea diesbezüglich informiert. Tirzah, so heißt deren Tochter, hat – sicher ist eben sicher – dennoch nicht vom Kuchen gekostet. (Macht aber nichts, mir hat er besonders gut - und besonders viel! – geschmeckt!)

---

29. Mai 2003 (5 Jahre und 4 Monate)

Alisa kommt frühmorgens in die Küche und sagt entschlossen: *Ich habe Hunger, aber ich mag nichts Gesundes!*

30. Mai 2003 (5 Jahre und 4 Monate)

Am Vorabend vor dem Abflug in den Urlaub nach Sizilien. Papa und Alisa liegen im Bett, erzählen sich noch Geschichten. Alisa, großzügig wie sie eben ist, erlaubt ihrem Vater dieses für die kommenden zwei Wochen – bis er schließlich nachkommen wird:
Du darfst dich in mein Bett kuscheln und du darfst dir auch meine Kuscheltiere nehmen: so viele du willst – und so wenige du willst!

8. Juni 2003 (5 Jahre und 5 Monate)

Papa und Alisa telefonieren, Alisa, schon im Urlaub auf Sizilien, berichtet von einem Formel 1-Autorennen (das es an diesem Wochenende übrigens gar nicht gab; wahrscheinlich hat Alisa die Aufzeichnung eines der letzten F 1-Rennen im Fernsehen gesehen). Sie fragt: *Papa, freust du dich? Schumacher hat gewonnen, aber Ralf nicht!* Natürlich freut sich der Papa, Hauptsache Schumacher.

Für
Papa

ABER NUR, WEIL ER JA SO STRENG-
GLÄUBIG IST

18. Juni 2003 (5 Jahre und 5 Monate)

Auf Sizilien im Ferienhaus der Großeltern in Scafa Bassa. Alisa, Mama und Papa sitzen im Wohnzimmer. Die Eltern lesen, Alisa, arbeitsam und neugierig wie immer, öffnet alle Schränke Tür für Tür, um zu sehen, welche Schätze sich hier und dort verbergen mögen. Sie entdeckt Dutzende von Nonnos Ordnern: besonderen Eigenkreationen. Das sind nämlich mit Bettlaken überzogene, auf Pappe geleimte Ordner: unfassbar hässlich. Alisa sucht nach einem Wort, nach einer Beschreibung – und stellt endlich fest: *Das sind Produkte! Kann man wohl sagen.*

20. Juni 2003 (5 Jahre und 5 Monate)

Scafa Bassa, Sizilien. Der Papa liest seiner Tochter wie fast jeden Abend aus ihrem ‚Kinderlexikon' vor: ‚Marder', ‚Maus', ‚Max' und ‚Moritz' lauten die Stichwörter, die Alisa heute interessieren. Schließlich ist der ‚Mensch' dran: der ‚Mensch', der ‚fast alle Regionen der Erde bewohnt…, zu den Säugetieren gehört…, eine stärkere Ausbildung des Gehirns erfahren hat…, denken, sprechen, singen und Werkzeuge herstellen kann'.

Er ist wohl ‚intelligenter als die Tiere'. Alisa sieht das allerdings ein wenig anders und widerspricht umgehend: *Vögel können fliegen, auf ihren zwei kleinen Beinchen laufen, trällern und Piep sagen!* „Aber", entgegnet der Vater, „sie können eben nicht mit Messer und Gabel essen, miteinander sprechen oder Auto fahren!" Alisa ist auch jetzt noch nicht überzeugt – und kontert weiter: *Sie haben kleine Schnäbel, sie brauchen keine Messer und Gabeln. Und wer fliegen kann, braucht kein Auto zu fahren!* Ende der Diskussion. Recht hat sie.

21. Juni 2003 (5 Jahre und 5 Monate)

Im Urlaub auf Sizilien. Papa und Alisa schauen sich Familienfotos an. Auf einem Bild sind Onkel Julius und seine Söhne zu sehen: die beiden Düsseldorfer Cousins Maximilian und Leopold. Sie spielen Fußball auf dem Rasen einer Parkanlage. Alisa ist überrascht, denn sie bemerkt: *Die spielen Fußball, anstatt die schönen Gänseblümchen zu pflücken!*

21. Juni 2003 (5 Jahre und 5 Monate)

Und immer noch Urlaub auf Sizilien. Alisa zu ihrem Vater, der sich gerade bemüht, die Sprachschätze seiner Tochter zu sichern, d. h. sich hiervon Notizen macht: *Deine Schrift ist krickelig, sieht ja gar nicht wie Buchstaben aus!* Stimmt. Bis heute.

21. Juni 2003 (5 Jahre und 5 Monate)

Urlaub auf Sizilien. Gemeinsames großes Abendessen der ganzen Berliner Reiterei mit Nonno und Nonna. Zum Schluss gibt's Eis, Prosecco, Apfelsaft. Alisa ist satt, muss sich bewegen, steht auf. Der Papa fragt: „Und das Eis?" Seine Tochter gibt prompt Antwort: *Musst du das Eis fragen!*

21. Juni 2003 (5 Jahre und 5 Monate)

Scafa Bassa, im Ferienhaus der Großeltern. Inzwischen haben sich zwei Katzen als Dauergäste einquartiert. Für manche/n gehören sie schon zur Familie. Alisa berichtet ihrer Mutter: *Wenn ich den Katzen ein Lied vorsinge, dann schließen sie ihre Äuglein.*

24. Juni 2003 (5 Jahre und 5 Monate)

Mit dem Auto unterwegs von Capo d'Orlando nach Scafa Bassa. Vorbeifahrt am Hafen von San Gregorio. Alisa fragt ihre Mutter: *Mama, können die Schnellboote auch langsam fahren?*

24. Juni 2003 (5 Jahre und 5 Monate)

Scafa Bassa, im Urlaub. Alisa und Bennett mit ihren Eltern am

Strand. Bennett trägt heute blau-weiß-gestreift, Hemd und Hose. Alisa bemerkt: *Bennett sieht ja aus wie ein Sträfling!*

24. Juni 2003 (5 Jahre und 5 Monate)

Noch immer auf Sizilien, Scafa Bassa. Tochter und Vater sitzen auf der Terrasse und unterhalten sich. Alisa berichtet, dass sie dem Bauarbeiter, der mit Nonnos neuer Stützmauer beschäftigt ist, gerade erzählt habe, dass ihr Papa bei DEKRA arbeite, auch bei DEKRA Italia. Der Papa fragt: „Und? Was hat der Arbeiter gesagt? Hat er dich überhaupt verstanden?" *Nein, er hat ja gearbeitet!*

Jetzt will sie von ihrem Vater wissen, wie sie es dem Arbeiter auf Italienisch erklären soll. Und er sagt ihr: „Mio papà lavora dalla DEKRA!" Alisa spricht nach: akzent- und fehlerfrei, was den Papa natürlich stolz macht. „Du sprichst ja wie eine Italienerin! Wahrscheinlich deshalb, weil italienisches Blut in deinen Adern fließt!"

Aber Alisa weiß es besser, sie sagt: *Keinen Tropfen hab' ich davon. Vielleicht später, wenn ich größer bin, dann habe ich auch mehr Blut. Und dann ist da auch italienisches drin!*

28. Juni 2003 (5 Jahre und 5 Monate)

Scafa Bassa, im Urlaub. Alisa will jetzt endlich selber angeln. Um die Fische anzulocken, hat sie sich etwas Besonderes ausgedacht: *Ich schmiere dem Fisch ein Käsebrot und hänge es an den Haken!* Ganz einfach.

30. Juni 2003 (5 Jahre und 5 Monate)

Immer noch Urlaub auf Sizilien. Am Strand von Capo d'Orlando. Wir sehen ein Mercedes-Sportcoupé. Alisa ist beeindruckt und sagt: *O, cooles Auto, da kann man ja nur vorn sitzen!*

Juni 2003 (5 Jahre und 5 Monate)

Sizilien, Scafa Bassa. Mama und Papa, die beide eine Brille tragen, versuchen, Alisa den Unterschied zwischen Kurz- und Weitsichtigkeit zu erklären. So wie die Eltern, ist auch der Nonno kurzsichtig, erklären sie ihrer Tochter, die es genau wissen möchte, nachdem sie Unterschiede an den Gläsern festgestellt hat. Die Nonna dagegen ist weitsichtig, braucht eine Lesebrille. Alisa hat ihre Wahl schnell getroffen: *Ich werde später lieber weitsichtig – hört sich einfach besser an, oder?!*

29. Juli 2003 (5 Jahre und 6 Monate)

Zurück in Berlin nach fast acht Wochen – Alisa erzählt ihrem Vater beim Abendessen: *Später weiß ich noch nicht, ob ich arbeiten werde. Es gibt ja auch Frauen, die kaufen nur ein und gehen zur Bank, wenn sie Geld brauchen. Die heiraten einfach einen Mann.*

29. August 2003 (5 Jahre und 7 Monate)

Frühmorgens im Bett, Papa spielt und unterhält sich mit seinen Kindern. Er sagt: „Morgen gibt's eine tolle Überraschung für euch beide!" „Was denn?" fragt Bennett. „Das sag' ich euch noch nicht, es ist schließlich eine Überraschung!", antwortet der Vater. *Ich weiß schon!*, so Alisa: *Eine Friedenmaschine, eine tolle Friedenmaschine, die kann überall Frieden machen!* Tolle Idee! Schaden anrichten wird sie jedenfalls nicht.

---

29. August 2003 (5 Jahre und 7 Monate)

Es regnet stark, fast sintflutartig. Alisa ist sich sicher: *Die Sonne schimpft jetzt bestimmt mit dem Regen!*

MIT HUT UND HELM

1. September 2003 (5 Jahre und 8 Monate)

Papa fährt seine Tochter – die am 21. August des Jahres in die Vor- bzw. 0. Klasse eingeschult worden ist, die es in Berlin gibt – mit dem Auto in die Schule, wie fast jeden Morgen. Auf der Fahrt sagt er zu ihr: „Ick liebe dir!" Alisa muss ihren Vater korrigieren, der wohl nicht mehr richtig Deutsch sprechen kann: *Wieso dir? Das heißt doch dich!* War eigentlich nur nett gemeint vom Vater.

3. September 2003 (5 Jahre und 8 Monate)

Alisa und Papa in der Küche, frühmorgens beim Kaffeetrinken. Er hält seiner Tochter die Wange hin und fragt: „Sag' mal Aisi, riecht das Parfüm gut?" *Riecht gut, vielleicht ein bisschen stark!* Der Papa weiter: „Und weißt du, wie's heißt?!" *Nein, sag'.* „Déclaration!" *Ist das von DEKRA?* „Nein, das ist eine französische Marke." Hätte ja sein können. Der Papa arbeitet schließlich bei DEKRA.

11. September 2003 (5 Jahre und 8 Monate)

Alisa und Mama zu Besuch in der Universität der Künste (UdK) nahe dem Zoologischen Garten. Im Foyer entdeckt Alisa eine Skulptur. Sie fragt ihre Mutter, was das wohl sei. Andrea erklärt, dass es sich um ein Kunstwerk handelt, das ihr selbst allerdings gar nicht gefiele – und fragt Alisa: „Und was sagst du?" *Na ja, geht so, ist nicht ganz mein Fall. Dafür aber gibt es andere, die ganz meine Fälle sind!*

---

12. September 2003 (5 Jahre und 8 Monate)

Alisa kommt ins Elternschlafzimmer gelaufen. Es ist 6:30 Uhr, früh am Morgen, eigentlich Zeit zum Aufstehen. Alisa sagt's auch: *Aufstehen. Arbeit ist angesagt!*

13. September 2003 (5 Jahre und 8 Monate)

Papa und seine Tochter betrachten seine Goldkette. Alisa stellt fest: *Gold gibt es eigentlich viel. Weil es Ringe gibt!*

17. September 2003 (5 Jahre und 8 Monate)

Gute-Nacht-Plausch am Abend. Alisa hat an diesem Tag in der Schule Schach gespielt bzw. wohl die ersten Spielregeln erlernt. Jetzt will sie ihrem Vater einige davon mitteilen – und sie erklärt: *Also: Vorn stehen immer die Bäuerinnen!* Politisch so korrekt und genderbedacht waren wir seinerzeit und in dem Alter sicherlich noch nicht.

18. September 2003 (5 Jahre und 8 Monate)

Alisa läuft ins Wohnzimmer zu ihren Eltern. Sie hat eine wichtige Mitteilung zu machen, denn heute wurden alle Schulklassen fotografiert. Sie sagt: *Also heute war kein Fotograf da, aber eine Fotografin!* Offensichtlich befindet sich unsere Tochter in einer Gender-Vorphase. Müsste auch einmal erforscht werden.

---

29. September 2003 (5 Jahre und 8 Monate)

Im Kinderzimmer. Papa gibt seiner Tochter einen Gute-Nacht-Kuss. Alisa sagt: *Kuscheln könnt' ich jetzt noch gut vertragen!*

30. September 2003 (5 Jahre und 8 Monate)

Papa holt seine Tochter vom Kindergeburtstag bei Alma ab, die sechs Jahre alt geworden ist. Autofahrt nach Hause. Bei köstlichem Federweißer und Omas bzw. Schwiegermutters selbstgemachtem Zwiebelkuchen konnte er von Almas Vater erfahren, dass sie und die ganze Familie ihren Urlaub regelmäßig an der Nordsee verbringen – und erzählt es Alisa: „und zwar in Eiderstedt, auf dem holsteinischen Festland, gar nicht so weit entfernt von der Insel Föhr entfernt, wo wir doch in wenigen Tagen unsere Herbstferien verbringen werden." Ein Wort hatte Alisa nicht genau verstanden und versucht, seine Bedeutung zu erfahren: *Festland? Werden da immer Feste gefeiert?*

6. Oktober 2003 (5 Jahre und 9 Monate)

Herbstferien auf der Nordseeinsel Föhr. So vielseitig die Insel ist, so vielseitig sind insbesondere auch ihre Themenstrände. Abgesehen von Nichtraucher-, Hunde- und Drachenflieger-Stränden gibt es natürlich auch den Klassiker: FKK. Mama erklärt bzw. entschlüsselt ihrer neugierigen Tochter den Code bzw. die drei Buchstaben. Aber Alisa ist not amused, sie meint sofort: *Pfui Teufel!*

7. Oktober 2003 (5 Jahre und 9 Monate)

Immer noch auf der Insel Föhr, die den Kindern Alisa und Bennett sehr gefällt, nicht nur wegen der (Deutsch sprechenden und trotzdem) lieben Kinder: Hier wird man nämlich allein schon von der *Seemannsluft* gesund!
Überhaupt ist Alisa sehr angetan von diesen ihren ersten offiziellen Schulferien. (Schon) Jetzt, wenngleich der Urlaub gerade erst begonnen hat, kann sie beides miteinander vergleichen und weiß sehr wohl: *Ferien gefallen mir eigentlich besser als Schule!* Ja, die Seemannsluft tut wohl doch nicht allen Kindern gut.

12. Oktober 2003 (5 Jahre und 9 Monate)

Föhr zum Frühstück. Bennett isst ein Brot - und beißt sich auf den Finger. Er weint. Schwester Alisa ist empört und maßregelt ihre Eltern: *Ich finde, ihr solltet besser auf Bennett aufpassen!*

12. Oktober 2003 (5 Jahre und 9 Monate)

Föhr am Abend. Der Papa sagt Gute Nacht, Alisa erwidert: *Papa, kannst du bleiben? Du bist immer so schön warm. Die Mama ist immer kälter.* Etwas später, die Mama möchte auch noch Gute Nacht sagen: *Mama, kannst du bleiben, du und der Papa – ihr seid immer so schön warm!* Aber die Mama hatte zuvor mit dem Vater gesprochen: „Vorhin hattest du doch gesagt, der Papa wäre immer wärmer und die Mama immer kalt!" Alisa erwidert: *Ich wollte doch nur, dass der Papa bei mir bleibt!* Allerdings weiß wohl keiner besser als die Mama: „Der Papa ist ja auch wärmer als ich!" Und dem kann Alisa ihrer Mutter (dann doch wieder) beipflichten: *Ja stimmt!* Ganz schön viele Drehungen. Es gibt auch ein anderes Wort dafür: Diplomatie.

14. Oktober 2003 (5 Jahre und 9 Monate)

Wyk auf Föhr. *Papa, weißt du, was ich mir zum Geburtstag wünsche?* „Nein, sag' bitte": *Ein eigenes Zimmer. Denn ich kann den Bennett nicht mehr ertragen*!

seit Oktober 2003 (5 Jahre und 9 Monate)

Alisas Zeit- und Maßangaben sind von unglaublicher, nicht zu überbietender Präzision. Jedem, der es wissen oder auch nicht wissen will, sagt sie: *Ich bin schon fünfdreivierteleinhalb!*

2. November 2003 (5 Jahre und 10 Monate)

Zurück in der Bundeshauptstadt – wichtige Fragen aus Berlin: *Mama, ist die Zahl 3 eine besondere Zahl?* „Wieso, wieso ausgerechnet die Zahl 3?" *Weil die meisten Fahnen drei Farben haben!* Recht hat sie.

9. November 2003 (5 Jahre und 10 Monate)

Berlin, abends vor dem Schlafengehen. Alisa legt ihr Sorgenpüppchen, das sie in der Vorschulklasse erhalten hat, unter ihr Kopfkis-

ICH UND ALLE MEINE STEINE

sen. Der Mama sagt sie: *Weißt du, was ich mir gewünscht habe? Ich möchte auch so gemein sein wie Inés – ich möchte auch ein ganz normales Mädchen sein wie die anderen!* Kein normaler Tag, den unsere Aisi heute hinter sich gebracht hat. Sind das erste Ergebnisse ‚sozialer Gemeinschaft' in einer Vorschulklasse: voll von Fraktionen, Gruppen, Ausschlüssen, wechselnden Mehrheiten, Isolierungen?

20. November 2003 (5 Jahre und 10 Monate)

Bennett findet noch ein altes Kaugummi vom Vortag – und stopft es sich in den Mund. Alisa möchte dem allerdings in keinem Fall nachstehen: *Ich will auch ein Kaugummi!* Leider lässt sich kein weiteres, irgendwo dran/drauf/drüber/angeklebtes Kaugummi finden, aber die Mutter hat einen guten Ersatz: MAOAM. Alisa ist einverstanden und sagt: *Ich teile es gerecht auf – und weil es meins ist, bekommt Bennett weniger!*

6. Dezember 2003 (5 Jahre und 11 Monate)

Die Nonna ist, wie jedes Jahr im Winter, endlich wieder zu Besuch und bleibt zehn Tage in Berlin. Tag für Tag spielt und lacht sie mit ihren Enkeln, kocht für sie, liest ihnen vor – so auch an diesem Abend wieder eine Gute Nacht-Geschichte. Irgendetwas jedoch soll heute anders sein, denn Alisa bemerkt: *Nonna, du stinkst! Irgendwie riechst du nach Oma.*

20. Dezember 2003 (5 Jahre und 11 Monate)

Alisa rechnet ihrem Vater genau vor: *Papa, im Moment bin ich nur zwei Jahre älter als Bennett, aber bald schon wieder drei!*
Stimmt, denn ihr Bruder hatte vor einigen Tagen Geburtstag: 5 abzüglich 3 – so alt ist Bennett jetzt – macht 2.

22. Dezember 2003 (5 Jahre und 11 Monate)

Morgens im Badezimmer. Alisa erklärt ihrem Vater: *Papa, ich versuche, auf der einen Seite grimmig und auf der anderen Seite fröhlich zu gucken. Aber das ist schwer – man muss lange üben!*

31. Dezember 2003 (5 Jahre und 11 Monate)

Silvester, der Papa wird 43 Jahre alt und macht sich heute selbst sein größtes Geburtstagsgeschenk. Denn seine Tochter wird ihn mittags in Deutsche Theater in Berlin-Mitte begleiten: Es gibt „Pinocchio" von Carlo Collodi, neu bearbeitet von Lee Hall. Und wir sitzen in der 1. Reihe. Ein großartiges Theatererlebnis, Alisa ist nicht minder begeistert. Kaum nach Hause zurückgekehrt, berichtet sie sofort aufgeregt ihrer Mutter: *Mama wir haben Pinocchio im Theater gesehen – aber nur Teil I.* ○ Shrek...

2. Januar 2004 (5 Jahre und 11 Monate)

Mittags – Alisa und Bennett sitzen schon am Tisch und essen. Der Papa kommt hinzu und fragt: „Habt ihr schon gebetet?" Seine Tochter antwortet: *Nach dem Klo und vor dem Essen beten schon vergessen!*

6. Januar 2004 (5 Jahre und 11 Monate)

Vater und Tochter blättern in einigen Büchern, unter anderem im Band „Indianer" aus der Kinderbuchreihe „Was ist Was?" Nach einiger Zeit sagt Alisa: *Ich finde, die Indianer sehen nicht so schön aus, aber die bauen coole Sachen – guck mal!* Sie zeigt auf Zelte, Äxte etc.

FÜNF FREUNDE

12. Januar 2004 (6 Jahre)

Bennett hat Nesselfieber. Sein Vater musste ihn deshalb vorzeitig vom Kindergarten abholen. Gesicht, Arme und Beine sind stark gerötet, ihm ist heiß – vor allem aber sind seine Ohren knallrot und stark angeschwollen. Als Alisa mittags aus der Schule kommt und ihren Bruder erblickt, entfährt es ihr augenblicklich: *Bennett sieht richtig doof aus, wenn er so krank ist!* Wenngleich sie gar nicht so unrecht hat, erbitten ihre Eltern dennoch etwas Mitleid für das arme Brüderchen. Einsichtsvoll nimmt Alisa denn auch gleich ihre Arbeit auf und beginnt, Bennett zu trösten.

16. Januar 2004 (6 Jahre)

Alisa selbst wird es schon am besten wissen: *Ich kann schon lesen ohne zu sprechen!*

24. Januar 2004 (6 Jahre)

In der Küche, Vater und Mutter stellen Kostenrechnungen auf – demnächst muss möglicherweise ein neuer PKW her. Alisa ist natürlich ganz Ohr und sagt: Ich will aber einen Jeep. Den blauen! Sie meint den FIAT Doblò, wie ihn die Eltern eines Schulkameraden fahren. „Wahrscheinlich ist der zu teuer für uns", sagt der Papa. „Wir wollen auch nicht zu viel Geld für ein Auto ausgeben, was jeden Tag 23 Stunden herumsteht. Ein Auto", belehrt er seine Tochter, „ein Auto kostet dich – natürlich abhängig von seiner Größe, Stärke u. a. – jeden Tag mindestens 10 oder 20 oder sogar 30 EUR: egal ob es gefahren wird oder nicht!" Alisa hat schon verstanden, ist entsetzt: *So viel, o Gott! Da werde ich wohl etwas Geld dazugeben müssen!*

31. Januar 2004 (6 Jahre)

Papa, Alisa und Bennett unterhalten sich: über Freunde und ihre Streitereien. Bennett erzählt, dass Gábor, also sein bester Freund aus dem Kindergarten, ihn immer schlagen würde. „Was sich liebt, das neckt sich auch!", führt der Vater ein bekanntes Sprichwort an, quasi zur Entschärfung. Alisa kennt das nur zu gut, denn diesbezüglich sagt sie über ihren Bruder und sich: *Wir können uns auch prima streiten. Und ich kann gut hauen!*

7. Februar 2004 (6 Jahre und 1 Monat)

Und? Was gibt's Neues? Oft leitet Alisa ihren Besuch so ein, wenn sie Papa bei den Nachrichten Gesellschaft leisten will und ins Wohnzimmer eintritt. Die Tagesschau (ARD) berichtet in aller Regel ja auch interessante Neuigkeiten: zum Beispiel Spielergebnisse aus der 1. Bundesliga.

Wieder einmal oder noch immer oder immer öfter ist Hertha BSC auf einem der untersten Tabellenplätze angekommen. Und der Papa – zumal als Berliner – ist natürlich nicht begeistert. Alisa möchte wissen, warum und ob es denn überhaupt so schlimm wäre mit einem der unteren Plätze. Mühsam versucht der Papa zu erklären: Hauptstadt Berlin, internationales Renommee, Geld bzw. millionenschwere Sponsoren etc. Am Ende scheint es, dass Alisa ihren Vater auf diese Weise zu überzeugen oder gar zu trösten sucht: *Hauptsache ein Platz, finde ich!* Im Falle von Hertha und seinen Spielen in der Saison 2003/2004 hat sie nicht Unrecht.

17. Februar 2004 (6 Jahre und 1 Monat)

Alisa hat nachts wieder geträumt. Gleich am Morgen sagt sie ihrer Mutter: *In Träumen kann man auch fühlen!*

22. März 2004 (6 Jahre und 2 Monate)

Nachrichten im Radio. Vater und Tochter hören zu: Tötung bzw. Ermordung eines bedeutenden Hamas-Führers in Gaza-Stadt. Das muss Alisa ihrer Mutter berichten, die gerade vom Einkauf zurückkehrt: *Mama, in Israel ist jetzt Krieg!* Kinder begreifen meistens sehr viel schneller, als wir glauben.

22. März 2004 (6 Jahre und 2 Monate)

Vater und Tochter blättern in einem Buch über „Mystische Stätten" – darunter die Steinkreisanlage von Stonehenge in Südengland. Papa erklärt, dass ihre Entstehung unter Wissenschaftlern bis heute nicht eindeutig geklärt ist. Alisa jedoch weiß eine Lösung über die aufeinandergelegten Steine: *Ich weiß, das waren die Römer!*

April 2004 (6 Jahre und 3 Monate)

Vater liest einen Artikel über Deutschlands ältesten weiblichen Schwimmverein, der vor 111 Jahren, d. h. 1893, gegründet wurde: der Damen-Schwimmverein „Nixe", in dem auch Alisa aktiv ist. Er muss es sogleich seiner Tochter berichten, die begriffen zu haben scheint: *Dann bin ich jetzt ja auch ein bisschen berühmt!*

April 2004 (6 Jahre und 3 Monate)

Samstagvormittag, Vater und Tochter spazieren durch die Goethestraße in Berlin-Charlottenburg. Hier, in unmittelbarer Nachbarschaft zu einem portugiesischen Restaurant und einem koscheren Feinkostgeschäft, befindet sich auch ein Pärchenclub mit dem eindeutigen mehrdeutigen Namen „Zwielicht". Er ist Tag und Nacht geöffnet und hat in jedem Fall keinen Besuchermangel zu beklagen. In diesem Moment öffnet sich die Tür, ein Mann mittleren Alters beugt sich heraus, schaut vorsichtig nach links und rechts, um dann ganz schnell, ja geradezu fluchtartig das Etablissement zu verlassen und sich unters Volk zu mischen. Alisa entgeht diese komische Szene natürlich nicht und weiß sie denn auch gleich zu interpretieren: *Papa, der hat's aber eilig!* Hoch lebe die Unschuld.

2. April 2004 *(6 Jahre und 3 Monate)*

Kurzurlaub in Mecklenburg-Vorpommern. Auf dem Weg zur Ferienwohnung fragt Alisa ihre Eltern: *Wohin fahren wir?* „Nach Kühlungsborn", antwortet die Mama. *Hört sich an wie Baby-Born!* Stimmt, vielleicht der Nachbarort?

2. April 2004 *(6 Jahre und 3 Monate)*

Tagesausflug nach Fischland. Zwischendurch Spaziergang auf der Promenade von Warnemünde (Rostock). In der Nähe des Leuchtturms muss die Mama dringend austreten, Alisa begleitet sie. Im Toilettenhäuschen riecht es penetrant.

Während die Mama wenig begeistert ist, sieht Alisa darin jedoch auch Vorteile: *Das ist doch gut, dann weiß man gleich, dass hier ein Toilettenhäuschen in der Nähe ist!*

13. April 2004 *(6 Jahre und 3 Monate)*

Zu Hause in Berlin. Wie sonst auch, besteht das Leben auch an diesem Tag vor allem aus Fragen. Und wer wollte Folgendes nicht wissen – Alisa fragt ihre Mama: *Aber wie wächst man denn?* Gar nicht so leicht zu beantworten.

---

29. April 2004 *(6 Jahre und 3 Monate)*

Abends, Zeit für Gute Nacht-Geschichten und Gespräche. Alisa erklärt ihrem Vater:

Kindersprache ist sehr schwer, Papa. Erwachsene haben die schon meistens verlernt. Kindersprache ist wie Dummdeutsch!

ALISA DIE BAUMEISTERIN

7. Mai 2004 (6 Jahre und 4 Monate)

Wochenendausflug ins Sächsische: Gröditz (Hotel „Spanischer Hof"), Meißen, Moritzburg und natürlich Dresden. Besichtigung der Altstadt – wir gehen in den Zwinger. Alisa erkennt den roten Sand sofort wieder: *Das ist ja der Sand vom Tennisplatz!* Seit einigen Wochen spielt bzw. lernt sie Tennis zusammen mit ihrer besten Freundin Johanna Schmidt und deren Zwillingsbruder Jakob.

8. Mai 2004 (6 Jahre und 4 Monate)

Dresden. Besuch im Deutschen Hygiene-Museum: Neben Gläsernen Menschen und Pferden sind auch interessante Filmbeiträge zu sehen, z. B. über eine Geburt. Alisa ist überrascht und stellt fest: *Ist ja ganz schön schmutzig das Baby!* Stimmt, es hätte sich ja auch vorher waschen können. Wer weiß: Vielleicht wurde an diesem Tag ihr Wunsch geboren, Medizin zu studieren und Ärztin zu werden?

31. Mai 2004 (6 Jahre und 4 Monate)

Großes Familientreffen in Bochum – (fast) alle Bad Honnefer, Berliner und Düsseldorfer Verwandten sind angereist. Christine Reiter, Cousine von Bennett und Alisa, feiert ihre Kommunion nach, allerdings lässt sie an diesem feierlichen Tag kaum jemanden an ihre Spielsachen heran, verbietet dieses, untersagt jenes, grenzt aus. Am Ende dürfen Cousins und Cousinen noch nicht einmal den Garten durch das Tor verlassen. Die ganze Zeit geht es so, bis Alisa feststellen muss: *Ich finde, du bist keine gute Gastgeberin. Und außerdem bist du doof!* Recht hat Alisa. Und da ist auch keiner untern allen Anwesenden, der ihr widerspricht.

6. Mai 2004 (6 Jahre und 4 Monate)

Letzte Vorbereitungen für die EM 2004 in Portugal – Alisa schaut mit ihrem Papa Fußball. Heute, 50 Jahre nach dem so genannten

„Wunder von Bern", treffen die Nationalmannschaften von Ungarn und Deutschland wieder einmal aufeinander, diesmal im Kaiserslauterer Fritz-Walter-Stadion. Alisa stellt schon zur Halbzeit fest: *Der Torwart ist unkonzentriert!* Am Ende verliert die Bundeself 0:2 (aber nicht nur wegen Oliver Kahn). Wir reden über Fußball im Allgemeinen. Alisa fragt ihren Vater, für welche Mannschaft er denn wäre: „Immer für Deutschland und immer für Italien. Wenn allerdings Deutschland und Italien spielen, bin ich immer für Italien." Alisa ist damit überhaupt nicht einverstanden, versucht ihren Vater zu belehren: *Papa, du bist zwar ein halber Italiener, aber du wohnst hier in Deutschland. Ich finde, du musst immer für Deutschland sein!*

Ihre Mutter, die gerade das Wohnzimmer betreten hat, pflichtet ihrer Tochter auch noch bei. Natürlich ist sie, wenngleich auch nicht ganz ‚reinrassig' (z. T. belgisches Blut), immer für Deutschland. Aber der Papa kann eben nicht anders – und erwidert: „Deine Argumente sind gut und schlüssig. Aber Gefühle bleiben eben Gefühle!" Übrigens ist Alisa selbst meistens für Schweden (wegen Pippi Langstrumpf) oder für Dänemark (wegen der Meerjungfrau), meistens jedoch immer für beide Mannschaften, die gegeneinander spielen.

27. Juni 2004 (6 Jahre und 5 Monate)

Sommerferien 2004, Direktflug von Berlin-Tegel nach Palermo. Alisa, Bennett und Mama, alle leicht übermüdet, sind früh am Morgen in Punta Raisi gelandet. Fünf Wochen Badeurlaub bei Nonna und Nonno stehen bevor.

Aber zunächst sind noch drei Stunden Autofahrt zu bewältigen, dann endlich Ankunft in Scafa Bassa. Spätestens jetzt sind die Kinder völlig fertig: zu viel Reise, zu wenig Schlaf, immer wieder kleine-große Streitigkeiten. Die Schwester schubst ihren Bruder, die Mama muss schimpfen und ermahnen: *Keiner glaubt mir, Bennett hat mich auch geärgert!*

ALISA MARIA VIOLINA

15. Juli 2004 (6 Jahre und 6 Monate)

Sizilien, knapp drei Wochen später – Alisa, Bennett und Mama frühstücken gerade auf der großen Terrasse. Sie fühlen sich wohl bei Nonno und Nonna, haben sich gut akklimatisiert. Alisa vertraut ihrer italienischen Großmutter an: *Also Nonna, ich hab's mir überlegt: Ich bleibe hier!*

2. August 2004 (6 Jahre und 7 Monate)

Berlin, in der Wohnung. Mutter blättert in der Bunte-Sonderausgabe vom 28.7.2004 zum runden Geburtstag von Udo Walz: „60 Jahre Charme & Schaum". Alisa kommt hinzu, blättert interessiert mit, hat die Sachlage schnell erfasst: *Ach, das ist doch der Udo Walz – das müssen wir ihm unbedingt sagen, dass er in der Zeitung steht!* Papa ist mit ihm befreundet.

21. August 2004 (6 Jahre und 7 Monate)

Vormittags in der Wohnung, der Fernseher läuft: Olympische Spiele in Athen. 100m-Lauf der Herren, die sich warm machen: strecken, bücken, anlaufen. Alisa fragt: *Was machen die da? Warum hüpfen die so, Papa?* Vater versucht zu erklären: „Die machen sich warm, d. h. sie bringen ihren Körper sozusagen auf Betriebstemperatur. Sie wärmen vor dem Lauf ihre Muskeln an, damit diese nicht verkrampfen, wenn sie gleich mit geballter Kraft losrennen werden." Alisa hat verstanden: *Ach so, dann wissen die Muskeln, dass es gleich losgeht, und stellen jetzt ihre Heizung an!*

25. September 2004 (6 Jahre und 8 Monate)

Berlin, abends in der Wohnung, kurz vor dem Schlafengehen. Papa fragt seine Tochter, was es denn Neues in der Schule gegeben hätte: *Ach, eigentlich nichts Besonderes, aber Sport war geil!* Der Vater, leicht schockiert, fragt nach, was dieses neue Wort wohl zu bedeuten hätte – und überhaupt: woher sie es denn habe?! *Mensch Papa, geil ist noch cooler als cool!*

26. Oktober 2004 (6 Jahre und 9 Monate)

Berlin, Kuschelbettstunde, Papa liest vor: aus einem reichlich bebilderten Buch über „Computer und Internet". Seine Tochter ist schon seit einigen Wochen sehr interessiert an den neuen Medien, während Sohn Bennett im Hintergrund puzzelt: einmal mehr sein aktuelles Favoriten-Lieblings-Puzzle zusammenpuzzelt, heute schon zum zehnten Male.

Er hatte es zwecks Leistungsdemonstration auch schon im Kindergarten. Der Papa versucht zu erklären – und unterscheidet zwischen „Hard- und Software". So spricht er also von „Armen, Beinen oder Fingern, der Hardware sozusagen", die z. B. ihre „Bewegungs-Befehle vom Gehirn, das man auch Software nennen könnte, entgegennehmen". *Das Gehirn ist also der König der Körpers!* Alisa hat wohl verstanden.

16. November 2004 (6 Jahre und 10 Monate)

In der Wohnung. Luisa Gerlach, eine sehr gute Freundin und Klassenkameradin, kommt gleich im Anschluss an die Schule mit zu Alisa nach Hause. Heute gibt's Pizza zum Mittagessen. Danach gehen die Mädchen ins Kinderzimmer, wo Luisa ein Bäuerchen entfährt – es scheint ihr geschmeckt zu haben. Alisa jedoch gibt sich entsetzt und ermahnt ihre Freundin: *Du hast schlechte Manieren!* Sie hätte noch ergänzen sollen, dass sie selbst solche Dinge niemals täte – zumindest nicht unabsichtlich.

21. November 2004 (6 Jahre und 10 Monate)

Zu Hause in der Wohnung, am Schreibtisch der Eltern. Vater und Tochter blättern in Papas Visitenkartenbuch. Buchstabe „B" ist

ME AND MY YELLOW CAP

dran. Alisa liest vor: B wie... Gerhart R. Baum. *Ach, das ist doch das Bäumchen!*

„Bäumchen". So nennen Papa und sein Bruder bzw. Onkel Jaje aus Düsseldorf ihren langjährigen Familienfreund. Und zwar schon immer, seit bald 20 Jahren. Alisa hat immer schon sehr gut zugehört.

21. November 2004 *(6 Jahre und 10 Monate)*

Berlin, abends im Wohnzimmer. Mama erzählt ihrer Tochter, dass sie bald, d. h. noch vor Weihnachten, Turnschuhe von Oma Annelies aus Bocholt bekäme.

Alisa gibt sich entzückt und sagt: *Ich möchte die Oma gern wieder besuchen. Ich habe sie schon so lange nicht mehr gesehen!* Ja, ja – immer diese Gefühlsausbrüche.

November 2004 *(6 Jahre und 10 Monate)*

Berlin, in der Wohnung. Nur dies ist aus dem Kinderzimmer zu hören: *Bob, der Kackmeister!* Es ist wieder einmal so weit, Schwester und Bruder, der offensichtlich wieder einmal gemaßregelt werden soll, am Ende einer Diskussion – diesmal über Bob den Baumeister.

24. Dezember 2004 *(6 Jahre und 11 Monate)*

Berlin, Bescherung im Wohnzimmer. Alisa hat einen Baby-born-Schlitten geschenkt bekommen. Nicht nur die Mama muss feststellen, dass dieser besser aussieht und wohl auch besser verarbeitet ist als Schlitten für größere Kinder – und sie sagt es auch. Alisa kann ihr nur beipflichten: *Ja, die Firma hat sich richtig Mühe gegeben für die Kinder!*

19. Februar 2005 (7 Jahre und 1 Monat)

Berlin, tagsüber im Wohnzimmer. Papa versucht, Sohn und Tochter Otto-, Diesel- und Wankelmotor zu erklären: Kolben, Verdichtungsdruck, Explosionen, Kraftstoff-Luft-Gemisch, Luft, die sich aus Sauer- und Stickstoff zusammensetzt.

Alisa will es genauer wissen: *Wer stellt denn den Sauerstoff und Stickstoff her?* Wenn man es nicht besser weiß oder erklären kann, dann, so denkt sich der Vater, ist die abstrakte Allmacht auch immer eine gute naturwissenschaftliche Erklärung: „Das hat wohl der liebe Gott so gemacht!" *Für Gott sind wir doch nur Marionetten – glaub' ich!*, kommentiert Alisa. Der liebe Gott jedenfalls musste schon öfter herhalten.

27. März 2005 (7 Jahre und 2 Monate)

Berlin, Ostermontag, Ausflug in die City West. Wir biegen mit dem Auto vom Kurfürstendamm in die Fasanenstraße ein und parken Höhe Wintergarten-Café. Alle steigen aus, Alisa und Bennett machen es sich sofort auf einer Parkbank bequem. Diese Parkbank aber hat keine Lehne. Alisa ist verwundert, geradezu empört: *Was ist das denn? Die Bank hat ja gar keine Lehne! Ist das eine Bank für arme Menschen?* Wir schlendern weiter in Richtung Ku'damm, und siehe da: Auf der nächsten Bank – einer weiteren Bank ohne Lehne wohlgemerkt – schnarcht ein armer Penner. Recht hatte Alisa, ganz praktisch-intuitiv eben.

28. Januar 2006 (8 Jahre)

Berlin, in der Wohnung. Alisa spielt Geige. Ihr Musiklehrer, Herr Frisch, hat ihr ein neues Stück zum Üben gegeben. Sichtlich übermüdet und erschöpft, klagt sie: *Das Stück ist zu schwer für meinen Arm!* Schade, denn heute ist Mamas Geburtstag. Sie hätte sich sehr über ein Extra-Ständchen gefreut.

3. Februar 2006 (8 Jahre und 1 Monat)

Berlin, am frühen Morgen. Die Eltern befinden sich im Badezimmer, Alisa kommt hinzu und berichtet, was sie gerade im Radio gehört habe: Man kann einen gemeinsamen Tag mit Robbie Williams gewinnen! Papa und Mama finden, dass Alisa selbst sich doch bewerben solle. Ihre Tochter ist allerdings anderer Meinung und sagt: *Ich kann doch kein Englisch! Und eigentlich ist ja auch die Mama der größte Robbie Williams-Fan auf dem Kontinent, oder?*

FORTSETZUNG
FOLGT

Bennett

KARL **BENNETT** FRANKLIN REITER
*07.12.2000

WENN BLICKE SCHRAUBEN KÖNNEN

Die ersten Wörter

von Sommer 2001 – März 2002

(ca. ½ Jahr – rd. 1 Jahr und 4 Monate)

„Auto"

„Mama"

„Papa"

„Tür zu"

„Tau, tau!" (= Ciao, ciao)

„Nonno!"

„Nonna!"

„Wauwau!"

„Alla!" (= Alisa bzw. Aisi, wie Alisa sich selbst nennt)

„Fliegzeug"

„Ui" (= Ulrike bzw. Uli Dünwald, Arbeitskollegin aus Stuttgart)

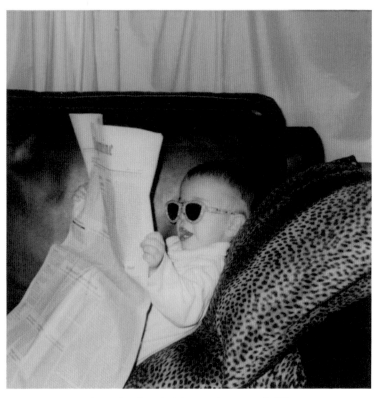

DAHINTER STECKT IMMER EIN KLUGER
KOPF, KERL UND KARL

Die zweiten Wörter

April 2002ff. (ab 1½ Jahren)

1. April 2002 (1 Jahr und 4 Monate)

Bennett und seine Eltern sitzen in der Küche – Frühstück: *Mama, Papa, Brei!*

seit April 2002 (1 Jahr und 4 Monate)

Esperanto-Phase – alle Artikel sind gleich: *Der Mama, der Papa, der Auto!*

Mai 2002 (1 ½ Jahre)

Auf Sizilien, Bennett sieht den geöffneten Klodeckel im Badezimmer und möchte die Mama zur Korrektur veranlassen – er berichtet ihr: *Tür zu!*

seit Juli 2002 (1 Jahre und 7 Monate)

Bennett ist nicht entgangen, dass seine Schwester ihren, also auch seinen, Vater immer „Papito!" ruft. Sie hat immer gut zugehört und weiß schon lange, dass ihr Papa seinen eigenen Vater, den Nonno (Italienisch für Opa), immer so anspricht. Der Nonno wiederum nennt seinen Sohn, also Bennetts und Alisas Vater, schon seit seiner Geburt im spanischsprachigen Chile „Bernadito" (‚Kleiner Bernhard'). Was Alisa kann, das kann Bennett allerdings auch – und sogar noch spanischer. Deshalb ruft er jetzt: *Papapito!* Ziemlich nah dran am Vogelfänger Papageno...

13. Juli 2002 (1 Jahre und 7 Monate)

Bennett läuft zum Papa in die Küche und sagt: *Der Ball!* Nach einer kurzen Pause greift er nach Papas Hand und fährt fort: *Komm!* Gerade eben hat Bennett seinen – zunächst begriffsstutzigen – Vater zum Fußballspiel aufgefordert. Ich denke, dies war Bennetts erster Satz in zwei Teilen mit insgesamt drei Wörtern!

10. August 2002 (1 Jahre und 8 Monate)

Bei Oma Annelies und Opa Willi in Bocholt. Es ist noch früh am Morgen. Bennett kriecht zu seinem Vater ins Bett. Er hat ein Buch mitgebracht und sagt: *Papa lies hier!*

August 2002 (1 Jahre und 8 Monate)

Normaler Alltag, unter der Woche. Vater ist im Begriff, zur Arbeit zu gehen. Sein Sohn kennt das inzwischen und sagt: *Papa Auto.*

seit August 2002 (1 Jahre und 8 Monate)

Natürlich wird auch mal geschimpft zu Hause – zum Beispiel, wenn Alisa wieder einmal ihr Zimmer nicht aufgeräumt hat. Dann also geht der Vater in ihr Zimmer, guckt extraböse und sagt ebenso, laut wie deutlich: „Aufräumen!" Damit Alisa diese Botschaft noch unmissverständlicher erreicht und sie wirklich begreift, was der Vater da gerade gesagt hat, schließt sich Bennett gern diesem (einzigen) Wort an, stellt sich in den Türrahmen zum Kinderzimmer und ruft mit deutlich tieferer Stimme: *Der Aufräum!* Und plötzlich sind es zwei Wörter.

BENNETT, MANCHMAL GANZ SCHÖN POPEYE

PFERD UND REITER

September 2002 (1 Jahre und 9 Monate)

Auf Sizilien, Bennett nimmt das eine und andere italienische Wort auf: und an. Wenn seine italienische Oma müde ist (und er noch viel müder), dann hat sie sich ihr **Nonna notte!** verdient. Ist dem Buona notte! ja auch sehr ähnlich und quasi selbsterklärend.

September 2002 (1 Jahre und 9 Monate)

Auf Sizilien, in der Küche bei der piccola colazione. Alisa ist schon fertig mit dem Frühstück, voller Tatendrang, d. h. sie muss dringend zum Strand. Was bleibt ihr, als den kleinen Bruder ein wenig zu ärgern? Sie entreißt ihm sein Spielzeugauto. Er schreit: *Meine Auto, meine Auto!* Bennetts Vater, ein Freund der deutschen Sprache, drängt es, seinem Sohn zu helfen – und ihn gleichzeitig zu verbessern: „Sag' doch einfach ‚Gib' mir bitte mein Auto zurück, liebe Alisa!'" Alisa antwortet beiden: „Ich hätte ihn sowieso nicht verstanden!"

seit September 2002 (1 Jahre und 9 Monate)

Schon der Gerechtigkeit halber hat auch die Mama eine spanische Ansprache verdient, d. h. neben dem *Papapito* gibt es jetzt auch die (oder etwa den?) *Mamapito!*

26. Oktober 2002 (1 Jahre und 10 Monate)

Zu Hause. Bennett setzt sich auf sein Bobbycar und sagt: *Gute Fahrt!* Traditionen bleiben erhalten bzw. setzen sich durch. „Gute Fahrt!" sagt Familie Reiter bzw. sagen Mama und Papa grundsätzlich, wenn sie im Auto sitzen und eine kurze, mittlere oder auch längere Autofahrt antreten. Diese Tradition, die keinen Schaden anrichtet, hat der Papa von seinen deutschen Großeltern aus Kiel übernommen: Oma Mimi lenkte, und Opa Curt war stets ein guter Beifahrer.

Dezember 2002 (2 Jahre)

Fernsehen muss ja auch mal erlaubt sein. Wir schauen Comics, nämlich Micky Mouse. Bennett wiederholt zu gern seinen Namen: *Mini Maus!* Wir gucken weiter.

2. Januar 2003 (2 Jahre und 1 Monat)

Alisa singt in der Wohnung: „Heidi, Heidi, deine Welt sind die Berge…" Bennett – not amused – gibt seiner Empörung Ausdruck. Er muss es wissen und kontert: *Meine Heidi!*

4. Januar 2003 (2 Jahre und 1 Monat)

Ein Feuerwehrauto rast an uns vorbei. Bennett kennt und liebt diese Fahrzeuge: *Feuerbuggy!*

5. Januar 2003 (2 Jahre und 1 Monat)

In Bennett erwacht der Fußballer: *Papa, bitte Balltor spielen!* Seine besten Freunde sind nun Bälle. Eng von ihm umschlungen, verbringen sie neuerdings ganze Nächte an seiner Seite.

6. Januar 2003 (2 Jahre und 1 Monat)

In Dänemark an der Nordseeküste. Papa und Bennett unterhalten sich, von Mann zu Mann. Vater sagt: "Papa liebt den Bennett!" Das weiß dieser wohl – und er weiß noch mehr: *Mama auch!*

12. Januar 2003 (2 Jahre und 1 Monat)

Bennett ist inzwischen ein Fußballer – und sein Herz wahrscheinlich ein Fußball: Papa, guck mal: *Schießball!* Diese freundliche Aufforderung bereichert zudem die Sprache der Sportjournaille.

30. Januar 2003 (2 Jahre und 1 Monat)

Papa fragt seinen Sohn, der mit Knetmasse laboriert, was er denn da wohl macht. Bennett antwortet: *Ich bau die Knete!*

13. Februar 2003 (2 Jahre und 2 Monate)

Mama und Bennett gehen spazieren. Mit dem geübten Auge eines Polizisten und Parkraumbewirtschafters zugleich erspäht Bennett sofort ein schlecht geparktes Fahrzeug, das halb auf dem Bürgersteig, halb auf der Straße steht. Bennett, der die Gesetze der Physik in die Wiege gelegt bekommen hat, erkennt sofort auch mögöiche Gefahren: *Mama, Auto fällt runter!* Nun denn, er ist ja auch der Sohn eines DEKRA-Mitarbeiters.

seit dem 18. Februar 2003 (2 Jahre und 2 Monate)

Alisa verkündet inzwischen täglich (und das natürlich mehrmals täglich), dass die Kindergartenzeit bald ein Ende haben wird. Und so weiß auch Bennett, dass für sie demnächst tägliches Lernen angesagt ist. Fast jeden Morgen macht er sich schon früh auf den Weg, und seine Tagesparole lautet nun: *Ich gehe Schule!*
Natürlich hat er zur Unterstreichung seiner Entschlossenheit einen Kinderrucksack umgeschnallt.

24. Februar 2003 (2 Jahre und 2 Monate)

Arschloch! So tituliert Bennett einen rüden Verkehrsteilnehmer, über den sich seine Mutter soeben ärgern musste. Sie fragt nach: „Bennett, was hast du gerade gesagt?" *Ich sage Arschloch!* Ja, die Mama hatte schon richtig gehört.

MR SUNSHINE

19. März 2003 (2 Jahre und 3 Monate)

I love you, Arschloch! Bennett scheint zu lauschen, wenn Papa und Alisa Englisch lernen. Nur das letzte Wort kommt aus einer anderen Sprache, ganz eindeutig.

20. März 2003 (2 Jahre und 3 Monate)

Papa überreicht Bennett einen Umschlag mit abgestempelten Briefmarken, darunter eine 55 Cent-Marke mit einem VW Käfer, knallrot. Der Vater klärt seinen Sohn über diesen Oldtimer auf: „Dieses Auto, Bennett, dieses Auto heißt VW Käfer." *Ist kein Käfer, ist ein Auto!* Auf den Arm nehmen kann er sich auch allein.

2. April 2003 (2 Jahre und 4 Monate)

Mein Bauch hat Kopfschmerzen! Bennett geht's heute wirklich nicht gut.

12. April 2003 (2 Jahre und 4 Monate)

Bennett hüpft durch die Wohnung – es ist Osterzeit: *Ich bin der Osterhase!*

19. April 2003 (2 Jahre und 4 Monate)

Bei Tante Tini, der jüngsten Schwester seiner Mama, und Onkel Jens, ihrem Freund in Moers. Bennett tobt auf dem Papa herum, der es sich auf dem Sofa bequem gemacht hat. Bennett kommt auf Papas Schritt zum Liegen – und will festgestellt haben: *Hier riecht nach Fisch!*

April 2003 (2 Jahre und 4 Monate)

Papa kocht sich einen Espresso in der Küche. Dieser ist gerade fertig geworden, blubbert heiß in der Maschine. Bennett informiert seinen Vater sofort und ruft laut: *Papa, der Kaffee brennt!*

4. Mai 2003 (2 Jahre und 5 Monate)

In der Küche, Papa und Bennett arbeiten an den Unterschränken und am Spülbecken, kleine Reparaturen an der Waschmaschine. Bennett sieht eine Packung mit Waschpulver – und fragt: *Ist das Parmesan?*

5. Mai 2003 (2 Jahre und 5 Monate)

In der Mittagszeit, Mama, Bennett und seine Schwester bringen den Papa zum Flughafen Berlin-Tegel. Auf dem Weg dorthin überholen sie ein Golf Cabriolet. Bennett ist überrascht und zugleich ein wenig empört. Er sagt: *Das Auto hat keinen Deckel!*

31. Mai 2003 (2 Jahre und 5 Monate)

Mama, Bennett und Alisa bei Karstadt. Ein Küchengerät muss ersetzt werden. Bennett redet wie ein Wasserfal, erklärt der Verkäuferin, dass unser Zauber- bzw. Mixer-Stab kaputtgegangen wäre. Mama sagt zu ihrem Sohn: „Bennett, du redest heute ja wie ein Papagei!" Er antwortet sofort (wie es echte Papageien eben tun): *Du Mamagei!*

Mai 2003 (2 Jahre und 5 Monate)

Mama und Bennett am Wittenbergplatz in Berlin, vis-à-vis zum KaDeWe, im American Express-Büro. Die Tickets sind abholbereit. Bennett springt und tobt herum, brüllt – macht auf sich aufmerksam. Laut und deutlich. Es ist einfach nicht zu überhören, und es stört auch. Und dennoch: Keiner geht auf ihn ein, rügt oder maßregelt ihn. Was ist aus Deutschland geworden? Und was bleibt Bennett anderes, als aufzugeben!? Also stellt er sich mitten ins Geschäft und sagt: *Keiner sagt was!* Übung beendet.

THE BEACH BOY

WENN EINEM DIE STEINE BIS ZUM
HALS STEHEN

Mai 2003 (2 Jahre und 5 Monate)

Mama und Bennett in der Küche. Er beißt ein Stück von der Gurkenscheibe ab und sagt: *Das ist der Mond!*

17. Juni 2003 (2 ½ Jahre)

Sommerferien in Capo d'Orlando auf Sizilien. Bennett sitzt mit dem Papa am Strand. In der Nacht hat ihn eine Mücke erwischt und ihm auf seinem Bein einen recht großen Stich hinterlassen. Bennett, der sich andauernd kratzen muss, ist genervt und sagt: *Der stört mich, der soll weggehen!* So allerdings bestimmt nicht.

19. Juni 2003 (2 ½ Jahre)

In Capo d'Orlando auf Sizilien. Mama und Papa waren einkaufen. Sie haben für ihren Sohn ein kleines schwarzes Lederportemonnaie gekauft. Stolz ist er jetzt, und seine Augen glänzen: *Ist mein Poponee!*

27. Juni 2003 (2 ½ Jahre)

Urlaub auf Sizilien. Mama hat Kopfschmerzen, nimmt zwei Aspirin. Bennett beobachtet seine Mutter und fragt sie, was sie denn habe bzw. was sie denn da mache. Sie antwortet: „Ich habe Kopfschmerzen." Bennett hat eine bessere Lösung, er sagt: *Nimm doch eine Florette!*

29. Juni 2003 (2 ½ Jahre)

Urlaub auf Sizilien, Scafa Bassa. Der Vater trägt seinen Sohn auf den Schultern. So laufen beide auf den Zitronen- und Oliventerrassen. In diesem Moment muss der Papa ausspucken. Bennett fragt: Papa, was machst du? Dem Papa ist es peinlich, aber er muss ja antworten: „Ich spucke aus." Der Sohn ist nicht zufrieden, denn er fragt weiter: *Was spuckst du aus?*

30. Juni 2003 (2 ½ Jahre)

Urlaub auf Sizilien. Am Strand von Capo d'Orlando gibt es Doppelduschen, unter denen zwei Personen gleichzeitig duschen können. Was aber, wenn nur einer duscht? Es geschieht tatsächlich, sodass Bennett nach langer Beobachtung und Analyse eines Duschvorgangs richtigerweise feststellt: *Einer duscht nicht!*

Juni 2003 (2 ½ Jahre)

Auf Sizilien. Bennett ruft seinen Papa: *Popoleinchen!* – aus welchem Grunde auch immer und vor allem auch noch diminutiverweise. Früher war man immerhin noch ein echtes großes Arschloch...

20. Juli 2003 (2 Jahre und 7 Monate)

Die letzten Urlaubstage, am Strand von Capo d'Orlando. In der Abenddämmerung. Wolken schieben sich vor die untergehende Sonne. Bennett ist sich sicher: *Das Licht ist ausgegangen!*

8. August 2003 (2 Jahre und 8 Monate)

Freitagabend in Berlin, Papa kommt von der Arbeit nach Hause. Bennett fragt – wie in letzter Zeit immer öfter: Hast du heute eine große Überraschung für mich? Sozusagen, denkt sich der Vater, und verkündet: „Heute gehen wir alle zu IKEA und essen Flusskrebse." Bennett freut sich, sofort ruft er der Mama zu: *Toll, Mama, wir essen heute Fruchtkrebse!*

21. August 2003 (2 Jahre und 8 Monate)

Morgens beim Zähneputzen im Badezimmer: *Meine Zähne sind heil. Ich habe keine Angst vor dem Zahnarzt!* Das ist wohl eine Anspielung auf seine Schwester Alisa, die nur wenige Wochen zuvor erst beim fünften Anlauf und unter Vollnarkose die dringend notwendigen Kariesbehandlungen über sich ergehen ließ bzw. lassen musste.

FORZA ITALIA!

21. August 2003 (2 Jahre und 8 Monate)

An der Kinderzimmertür sind zwei Autokennzeichen- bzw. Namens-Schilder angebracht, auf denen ALISA und BENNETT steht. Bennett vermag einige, die wohl wichtigsten dieser Schriftzeichen zu deuten: *Ich habe zwei Hammer, Alisa hat einen Hammer!* ALISAs „I" und BENNETTs „T" sehen eben fast so aus wie Hammer. Es steht 2 zu 1 für ihn. Bis heute.

---

22. August 2003 (2 Jahre und 8 Monate)

Berlin. Bennett ist sauer auf seine Mutter: *Ich hab' dich lieb, aber du bist blöd!*

22. August 2003 (2 Jahre und 8 Monate)

Aber er hat an diesem Tage auch schon wirklich sinnvolle Dinge erledigt. So kann er seiner Mutter stolz verkünden: *Als du draußen warst, habe ich einen großen Popel geholt!*

22. August 2003 (2 Jahre und 8 Monate)

Abends, Papa spielt mit seinem Sohn. Sie bauen ein Flugzeug zusammen. Bennett assistiert und reicht einen Flügel: *Hier ist der Flugbügel für das Fliegzeug!*

31. August 2003 (2 Jahre und 8 Monate)

Es ist kalt geworden, die Mama fragt ihren Sohn: „Hast du kalt, Bennett?" Und er antwortet sofort: *Ich bin frierig!*

17. September 2003 (2 Jahre und 9 Monate)

Papa und Bennett haben Schwester Alisa gerade in die (Vor-) Schu-

le begleitet. Auf dem Weg zurück zum Auto sagt der Vater zu seinem Sohn: „Später, in drei Jahren bringt der Papa dich auch immer in die Schule. Dann gehst du in dieselbe Schule wie die Aisi."
Bennett bemerkt: *Und die Aisi geht dann in den Kindergarten!*

18. September 2003 (2 Jahre und 9 Monate)

Frühmorgens, Papa und Bennett beim Frühstück. Bennett kann sein Berufsleben kaum noch erwarten: *Wenn ich zur Arbeit gehe, habe ich einen Termin!* Sein Vater hat nämlich auch immer irgendwelche Termine (wofür auch immer die gut gewesen sein mögen).

25. September 2003 (2 Jahre und 9 Monate)

Bennett, der eine Postkarte erhalten hat, auf der das Sandmännchen in verschiedenen Farbvarianten abgebildet ist, empfiehlt einen neuen Plural: *Die Sandmannre haben geschrieben!*

26. September 2003 (2 Jahre und 9 Monate)

Abends im Bett. Bennett sagt zu seiner Mutter: *Halt mich ganz fest, damit mich keiner wegnimmt!*

2. Oktober 2003 (2 Jahre und 10 Monate)

Bennett berichtet von seinem ersten Arbeitsplatz bzw. über den normalen Tagesablauf: *In den Kindergarten müssen wir beten. Und dann essen wir die Kartoffeln auf!* So ist das eben in unserer Leistungsgesellschaft.

3. Oktober 2003 (2 Jahre und 10 Monate)

Bennett fragt seinen Papa frühmorgens: *Läuft deine Nase? Soll ich dir ein Tassentuch geben?*

KIDS & BYTES

5. Oktober 2003 (2 Jahre und 10 Monate)

Herbstferien auf der Nordseeinsel Föhr. Bennett beobachtet Surfer mit ihren Brettern und sagt zu seiner Mama: *Die haben Seebretter!*

6. Oktober 2003 (2 Jahre und 10 Monate)

Autorundfahrt auf Föhr. Es läuft die Beatles-CD „Sgt. Pepper's Lonely Hearts Club Band". Bennett bemerkt zum Gesang: *Der Mann schreit, der Mann ist böse!*

7. Oktober 2003 (2 Jahre und 10 Monate)

Nur wenige Windräder auf der Insel – zum Glück. Manchmal sind sie schwer zu identifizieren. Denn auch Indianerauge Bennett erkennt (ganz offensichtlich fest verankerte) *Flugzeuge!*

11. Oktober 2003 (2 Jahre und 10 Monate)

Immer noch auf der Watt-, Wind- und Wellen-Nordseeinsel Föhr: im Hintergrund Langeneß, diverse Halligen. Bennett, genialer Beobachter, wie wir gerade festgestellt haben, studiert aufmerksam das Treiben im bzw. auf dem Wasser – und macht eine weitere große Entdeckung: *Die Insel fährt!* Also doch! Das Rätsel ist gelöst, und auch wir Eltern hatten schon gleich bei der Ankunft diesen Verdacht.

9. November 2003 (2 Jahre und 11 Monate)

Zurück in Berlin, früh am Morgen – Mama kleidet ihren Sohn an. Bennett bemerkt die neue Jogginghose und fragt: *Hast du die mir angekauft?* „Nein, mein Kleiner, die Hose hat die Oma gekauft!", so die Mama. *Das war aber nett von der Oma!*

11. November 2003 (2 Jahre und 11 Monate)

Frühstück mit Mama. Bennett hatte am Vorabend bei IKEA ein (Family-) Kartenspiel geschenkt bekommen. Auf einer dieser Karten ist ein Schild mit Schwert abgebildet: Ritter-Symbol. Bennett ist nachhaltig beeindruckt von dieser Waffe: *Mama, wann holen wir das Schwert? Dann kann ich schwerten!*

---

seit November 2003 (2 Jahre und 11 Monate)

Immer dann, wenn Bennett seine Schwester
Alisa ärgern und zur Weißglut bringen will,
hat er sich inzwischen etwas Feines ausgedacht:
Er nennt sie einfach Alisia!

24. November 2003 (2 Jahre und 11 Monate)

Bennetts elektrische Zahnbürste funktioniert nicht mehr. Der Akku ist leer. Papa erklärt seinem Sohn, dass diese jetzt wieder aufgeladen werden muss. Bennett hat verstanden: *Müssen die Zahnbürste jetzt wieder aufgeleert werden!*

7. Dezember 2003 (genau 3 Jahre)

Frühmorgens. Bennett weint, ist nicht ausgeschlafen: Die Kakao-Tasse gefällt ihm nicht, er hätte gern aus einer anderen getrunken. Weinend reibt er sich die Augen, muss aber feststellen: *Wo sind meine Tränen?* Na so was!

8. Dezember 2003 (3 Jahre)

Am Morgen, Mama zieht ihren Sohn an: Hemd, Hose, Hosenträger. Und hier gibt es wohl einen deutlichen Unterschied zu seinem Vater, denn Bennett sagt: *Der Papa muss einen Gürtel tragen, sonst rutscht seine Hose.* Das ist allerdings auch schon etwas länger her.

15. Dezember 2003 (3 Jahre)

Besuch von Andreas Meier, Ex-Kommilitone (FU Berlin) vom Papa und Freund der Familie. Bennett fragt ihn: Wo ist deine Mama? Wo sind deine Kinder? Der Gefragte muss gestehen: „Ich habe keine Kinder!" Bennett scheint nicht zufrieden, hat aber eine Lösung anzubieten: *Dann brauchst du eine andere Mama!*

29. Dezember 2003 (3 Jahre)

Berlin, im Badezimmer. Bennett reicht seinem Papa ein Handtuch in die Dusche. Er bemerkt: *Du hast einen großen Pinkel.*

24. Januar 2004 (3 Jahre und 1 Monat)

Berlin. Mama und Bennett unterhalten sich im Wohnzimmer. Die Sonnenstrahlen erleuchten den Raum. Sie sagt zu ihrem Sohn: „Der Frühling wird bald kommen." Bennett erwidert: *Ich hab' den Frühling noch nicht gesehen!*

31. Januar 2004 (3 Jahre und 1 Monat)

Berlin – Mama ist heute sehr heiser, was Bennett auch charmant-präzise beschreiben kann: *Mama, du sprichst bescheuert!* Die Mutter traut ihren Ohren nicht und fragt gleich nach: „Wie bitte?" *Mama, du sprichst anders!*

6. Februar 2004 2003 (3 Jahre und 2 Monate)

Ahlbeck auf Usedom. Eine Woche Winterferien an der Ostsee. Das bedeutet vor allem: lange Spaziergänge am Strand. Zurückgekehrt in die Ferienwohnung, schlägt Bennett seine Schuhe ans Geländer des Treppenhauses, um den Sand herauszuklopfen. Seine Mutter mahnt zum Leisesein, denn es wohnen auch andere Gäste im Haus. Natürlich weiß Bennett das auch. Allerdings trifft ihn keine Schuld: *Ich hab' aber laute Schuhe!*

ZU FRÜH, UM SCHON SCHLAFEN ZU MÜSSEN

7. Februar 2004 2003 (3 Jahre und 2 Monate)

Heimfahrt nach Berlin. Auf der Autobahn, auf welcher bekanntlich etwas schneller gefahren werden darf, was der Papa heute auch tut. Bennett, bekennender Formel 1-Fan (besser noch: echter Ferrarista, wie seine Kindergärtnerin Claudia), hat eine Erklärung für die erhöhte Geschwindigkeit: *Du hast schnelle Reifen!*

7. Februar 2004 2003 (3 Jahre und 2 Monate)

20:00 Uhr. Im Ersten läuft die Tagesschau. Immer öfter schaut Bennett diese interessante Weltnachrichten-Sendung zusammen mit seinem Papa. Am Ende werden häufig einige Fußballszenen aus der Bundesliga gezeigt. Heute aber geht es hauptsächlich um die Sicherheitskonferenz in München. Ein großer Saal, durch den die Kamera auf- und abfährt. Bennett bemerkt: *Da sind nur Männer. Und da sind keine Frauen!* Ganz bestimmt ist sein Vater kein(e) Feminist(in), sein Sohn dagegen zweifelsfrei ein guter Beobachter.

21. Februar 2004 2003 (3 Jahre und 2 Monate)

Bennett und Alisa toben in ihrem Zimmer, springen von Tischen und Stühlen, hüpfen auf Betten und Kissen, rollen sich auf und in den Teppichen. Bennett selbst scheint auch sehr beeindruckt zu sein von Alisas und seinen eigenen sportlichen Leistungen, denn als der Papa das Zimmer betritt, offenbart er ihm gleich: *Wir sind coole Kinder!*

27. Februar 2004 2003 (3 Jahre und 2 Monate)

Der Vater erklärt seinem Sohn bzw. versucht ihm beizubringen, dass es wieder an der Zeit ist, zum Friseur zu gehen. Und Eileen, seine sympathische Friseurin, habe auch schon nach ihm gefragt. Das was ganz schön trickreich angestellt vom Papa, denn Bennett läuft sofort zu seiner Schwester, um ihr diese unglaubliche Weltnachricht zu verkünden: *Aisi, Eileen hat nach mir gefragt!* Alisa selbst ist gar nicht amused, weil sie schon seit einiger Zeit nicht mehr mit ihrem Spitznamen, sondern nur noch mit ihrem richtigen Namen, mit Alisa eben, angesprochen werden möchte. Total erzürnt schreit sie ihn an: „Hast du eben Aisi gesagt?"

12. März 2004 2003 (3 Jahre und 3 Monate)

Bennett läuft durch den Flur. Auf Höhe der Küche, in der seine Mama sitzt, ruft er kurz hinein: *Hallo, du Arsch!* und läuft weiter. Am Ende des Flurs angekommen, ist - wenngleich leise, aber immerhin – zu vernehmen: *Entschuldigung!* Wir sind wohl endlich in der xy-Phase angekommen. Und das lautstark und wortgewaltig.

seit April 2004 2003 (3 Jahre und 4 Monate)

Bennett erklärt und erzählt seinen Eltern immer öfter, dass er schon früher manche Tätigkeiten ausgeübt, bestimmte Dinge besessen oder diese und jene Situationen durchlebt hätte. Unter anderem war er auch schon einmal stolzer Besitzer eines Alfa Romeo gewesen. Wir wussten von Anbeginn, dass er mehr weiß als wir von ihm (und uns).

3. April 2004 2003 (3 Jahre und 4 Monate)

Kurzurlaub an der Ostsee. Wir fahren durch Warnemünde (Rostock). Bennett sitzt in seinem Kindersitz und spielt mit einem Matchbox-Auto: *Ich habe ein Fahrzeug!* O wie gewählt: Spricht da etwa DEKRAs Zukunft bzw. ein angehender Kraftfahrzeug- und Verkehrsexperte?

11. April 2004 2003 (3 Jahre und 4 Monate)

Zurück in Berlin. Es ist Ostersonntag, kurz vor dem Mittagessen. Bennett offenbart seinen Eltern seinen (allerneuesten) liebsten Wunsch: *Ich möchte ein Gewehr sein!*

BENNETT DER BAU(ER)MEISTER

17. Mai 2004 2003 (3 Jahre und 5 Monate)

In der Wohnung, auf dem Weg zur Toilette.
Bennett sinniert: *A wie Arschloch.* Hatte seine
Schwester ihm gerade beigebracht.

13. Juni 2004 2003 (3 Jahre und 6 Monate)

Ein Beispiel für Kommunikationsaktivität bei noch eingeschränktem Wortschatz. Schwester Alisa hat für sich selbst ebenso wie für ihren Bruder ein Steckenpferd gebastelt.

Leider bricht im Eifer der Wettrennen durch die Wohnung einer der Stöcke. Also muss Papa einen Stab mit der Säge kürzen. Bennett schaut interessiert seinem Vater zu und bemerkt zur Sägespäne: *Da kommt Zucker raus!*

27. Juni 2004 (3 Jahre und 6 Monate)

Endlich wieder Sommerferien. Fünf Wochen Badeurlaub auf Sizilien. Am Strand von Capo d'Orlando. Bennett findet einen rosa-aprikotfarbenen Stein. Er rennt sofort zu seiner Schwester, um ihr stolz sein schönes Fundstück zu präsentieren: *Guck mal, Aisi, ein Baby Born-Stein!*

29. Juni 2004 (3 Jahre und 6 Monate)

Scafa Bassa, vormittags auf der großen Terrasse am zentralen Olivenbaum. Bennett sitzt auf seinem Dreirad, plötzlich erblickt er *Eine Ratte!* Dann sagt er weiter zu seiner Mutter: *Mama, ich liebe Ratten. Die Ratte hat einen Schwanz wie ein Krokodil!* Jetzt hat die Mama verstanden und kann das Rätsel lösen: „Ratte mit Schwanz? Wie ein Krokodil? Das kann nur eine Eidechse sein, Bennett!"

14. Juli 2004 (3 Jahre und 7 Monate)

Am Strand von Capo d'Orlando. Bennett spielt mit Sand und Steinen, vielmehr kocht er gerade für seinen Papa eine *Bierpizza – die ist nur für Erwachsene!*

15. Juli 2004 (3 Jahre und 7 Monate)

Heute hat Bennett großen Appetit auf Obst: *Mama, ich möchte einen Pfirsing!*

15. Juli 2004 (3 Jahre und 7 Monate)

Sizilien. Alisa, Bennett, Mama und Papa frühstücken auf der großen Terrasse zusammen mit den Großeltern. Der Nonno scheint heute ein klein wenig mit seinem linken Fuß aufgestanden zu sein, weshalb Bennett ihm eröffnet: *Nonno, du bist eine Meckerliese!*, was diesen verständlicherweise nicht sehr erfreut, dafür jedoch sofort verstummen lässt. Aber sein Berliner Enkel war noch gar nicht fertig mit seinen Ausführungen: *Alisa hat gesagt, der Nonno schimpft immer nur: morgens und abends, den ganzen Tag lang. Der Nonno ist eine Meckerliese!* Nun, wenn Alisa das gesagt hat, muss es ja nicht unbedingt falsch sein.

19. Juli 2004 (3 Jahre und 7 Monate)

Capo d'Orlando, im Urlaub. Bennett will es wissen und fragt seine Mutter: *Wie werden wir Menschen gebaut?*

An dieser Stelle ist einmal mehr zu erwähnen, dass Bennett ein großer Fan von Bob dem Baumeister ist. Zur Faschingsfeier im Kindergarten geht er auch gern als Bauarbeiter mit Helm. Und überhaupt ist er ein großer Freund von Baggern, Brummis und jeglichen Baumaschinen. Insofern steht bauen/gebaut auch für werden/sein, entstehen und vergehen…

STEP BY STEP

20. Juli 2004 (3 Jahre und 7 Monate)

Scafa Bassa. Papa darf seinem Sohn eine Gute-Nacht-Geschichte erzählen. Aber eigentlich möchte Bennett von seinem Vater nur erfahren, wo sich Schaukelpferd und Bobby-Car befinden: Das Dreirad braucht er nicht (mehr), da die Nonna hier auf Sizilien ja eines hat. Papa weiß auch keinen Rat. Vielleicht müsste irgendein Zauberer bemüht werden, um Pferdchen und Bobby-Car von Berlin hierher ans Mittelmeer zu zaubern. Er fragt seinen Sohn, ob denn er vielleicht einen kenne:

Ja, aber nur in echten Fernsehen, aber da kann er gar nicht raus! Gerade in diesem Moment kann sich der Papa doch noch eines Zauberers entsinnen und schlägt vor: „Wir könnten ihn anrufen, auf seinem Handy!" Aber Bennett, dessen Strandradio am heutigen Vormittag seinen Geist wegen defekter Batterien aufgegeben hat, weiß dies:

Nein, das Handy geht nicht, der braucht neue Batterien! Macht nichts, morgen ist auch wieder ein Tag, den man zur Not wieder am Strand und im Wasser verbringen könnte: ohne Schaukelpferd, ohne Bobby-Car. Schlaf gut, lieber Bennett, es war doch wieder einmal eine schöne kleine Unterhaltung.

30. August 2004 (3 Jahre und 8 Monate)

Montagmorgen, mit dem Auto auf dem Weg zur Schule. Der Vater hatte und hat noch mehrere Wochen lang in Stuttgart zu tun, kehrt zurzeit immer nur am Wochenende heim. Mama fährt, und Alisa klagt: „Jetzt war der Papa eine Woche da, und nun ist er wieder so lange weg!" Auch Bennett ist tief betrübt: *Ja, leider ist der Papa wieder weg.*

Schön, es zumindest einmal aus Erzählungen Dritter zu erfahren. Das geht noch einige Minuten so weiter, bis die Alltagskonversation einsetzt.

5. Oktober 2004 (3 Jahre und 10 Monate)

Papa und Bennett sind mit dem Auto unterwegs in der City West und suchen einen Parkplatz: Vergebens, es ist aber auch gar nichts zu finden. Bennett wird langsam ungeduldig, und eigentlich hat er es ja sowieso schon bei der Abfahrt gewusst: *Siehst du, wir sind zu früh!*

21. November 2004 (3 Jahre und 11 Monate)

Bennett haut heute richtig auf die Tasten: fast so schön wie Keith Jarrett und mindestens genauso laut. Zuvor allerdings hat er es sich so richtig gemütlich gemacht am Klavier im Esszimmer, sich sogar einen anderen Stuhl als besondere Sitzgelegenheit geholt und nicht zuletzt auch noch die Notenablage herunter geklappt. Jetzt fragt er seine Mutter: *Mama, wozu ist die Klappe da?* „Für die Noten", antwortet sie. *Nein, fürs Brot!*, ist sich Bennett ganz sicher: *Ich hab mein Brot schon draufgelegt.* Er hat's tatsächlich getan.

1. Dezember 2004 (fast 4 Jahre)

Berlin, frühmorgens im Auto auf dem Weg zum Kindergarten. Unser Auto scheint über Nacht gelitten zu haben – bei sehr viel Taubenbesuch. Bennett hat es auch bemerkt und fragt entrüstet seinen Papa: *Warum kackern die Vögel immer auf unser Auto? Warum kackern die nicht auf die Bäume? Wir müssen dann immer waschen und waschen!*

Es gibt leichtere Aufgaben, als seinem Sohn erklären zu müssen, warum Vögel, vor allem fliegenderweise, so vielseitig beschäftigt sind.

1. Dezember 2004 (fast 4 Jahre)

Berlin, abends im Bett. Papa, so die Bitte seines Sohnes, möge doch etwas vorlesen. Der Vater aber möchte und kann nicht. Er ist krank,

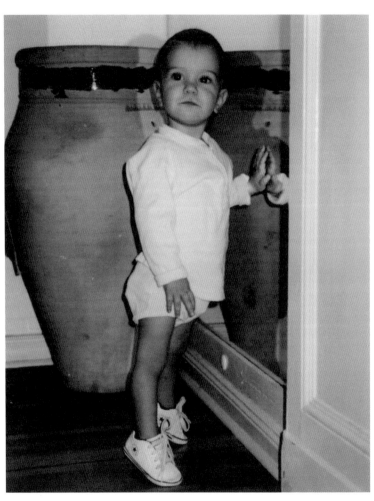

ANTIKE UND NEUZEIT

MEIN ERSTES BLAUES WUNDER

hat Halsschmerzen, geschwollene Lymphdrüsen. Das Sprechen, so erklärt er Bennett, falle ihm wirklich schwer und schmerze sehr. Dieser hat jetzt ein Einsehen mit seinem Papa und unterbreitet ihm einen Kompromissvorschlag: *Du kannst auch schlecht sprechen, Papa. So schlecht du kannst!*

6. Dezember 2004 (fast 4 Jahre)

Frühmorgens im Badezimmer. Mama hatte gerade geduscht, trocknet sich jetzt ab. Beobachter Bennett hat eine naturwissenschaftliche Frage: *Haben Ameisen auch Brustwarzen, Mama?*

24. Dezember 2004 (4 Jahre)

Weihnachtsfrage. Mutter und Sohn beim Frühstück. Bennett will heute eine wissenschaftliche Erklärung für die Vorgänge in Mund, Bauch und auf Toilette. *Habe ich eine Säge im Bauch?*

24. Dezember 2004 (4 Jahre)

Berlin. Afro-amerikanische Disco-Musik, die ganze Familie im Auto unterwegs. Wir hören den Sänger Wes mit seinem 1990er-Hit „Alane". Für Bennett ist der Fall klar: *Der Mann ist aber eine Frau!* Da hat er wohl nicht ganz Unrecht.

24. Dezember 2004 (4 Jahre)

Heiligabend, Christmette und Bethlehemer Krippenspiel in der katholischen Kirche St. Ludwig in Berlin-Wilmersdorf. Die Messe neigt sich dem Ende zu, Bennett ist nicht ganz zufrieden: *Und wann kommt der Wolf?* Heute jedenfalls bestimmt nicht mehr im Gegensatz zu den beiden letzten Rotkäppchen-Aufführungen im Rathaus Steglitz und im Kindergarten St. Josefsheim nur wenige Tage zuvor.

30. Dezember 2004 (4 Jahre)

Vier Tage nach dem Seebeben (Tsunami) in Südasien: Über 100.00 Opfer sind zu beklagen, und es werden stündlich mehr. Vater und Sohn fahren im Auto durch Berlin, Nachrichten auf Info-Radio: Tote, Verletzte, Vermisste, Verwüstungen, Schäden in Millionenhöhe, totales Elend. Bennett hat begriffen, dass sich etwas ganz Furchtbares ereignet hat. Er sagtfragt: *Wir können aber nicht sterben, Papa?!*

5. Februar 2005 (4 Jahre und 2 Monate)

Papa muss dringend in ein Handwerkergeschäft und möchte seinen Sohn als großen Bob der Baumeister-Fachmann natürlich gern dabei haben: „Komm' Bennett, wir gehen ins Bauhaus!" *Kann man da arbeiten, Papa?*

18. Februar 2005 (4 Jahre und 2 Monate)

Letzte Vorbereitungen für den anstehenden Besuch: Hannelore und Dieter Schultz aus Wandlitz kommen in wenigen Minuten zum Abendessen. Mama hat einen Kuchen als Nachtisch vorbereitet, den Bennett auf einem Teller mehrfach um die eigene Achse dreht. Nicht ohne Grund, denn bald sagt er zu seiner Mutter: *Ich dreh' den Kuchen, dann schmeckt er noch leckerer!*

1. März 2005 (4 Jahre und 3 Monate)

Berlin-Charlottenburg. Nach der ersten Schwimmstunde bei Ramona von den Charlottenburger Nixen klärt Bennett seine Mutter auf die Frage hin, wie es denn gewesen wäre, schonungslos auf: *Da gehe ich nicht mehr hin, ich wäre fast ertrunken!*

PICCOLA COLAZIONE

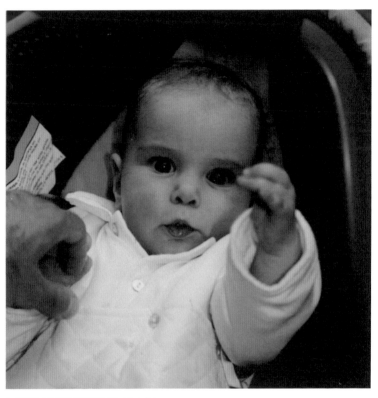

LITTLE ROCKET MAN

März 2005 – aber eigentlich schon immer
Berlin und überall. Immer wenn Bennett etwas gemalt oder gebastelt hat, läuft er meistens gleich zu seiner Mutter, zeigt sein neuestes Kunstwerk und fragt: *Mama, was ist das? Was hab' ich da gemalt?* Manchmal ist diese Frage auch berechtigt.

4. Juni 2005 (4 Jahre und 6 Monate)
Berlin, beim Friseur. Papas Haare sind wieder einmal dran. Er geht, wie schon seit über 20 Jahren, zu seinem Stammfriseur Andreas Hagn in der Grolmanstraße in Berlin-Charlottenburg. Sohn Bennett ist gern mit seinem Vater unterwegs, begleitet ihn auch zum Friseur. Das Werk ist vollbracht, Andreas hat wieder einmal gezaubert. Papa fragt seinen Sohn, ob er später, wenn er denn einmal groß ist, auch zu Andreas ginge. Seine derzeitige Friseurin ist ja Eileen. Aber Bennett denkt in die Zukunft: *Ich geh zum Udo!*
Recht hat er und ein gutes Gedächtnis zudem. Denn Udo Walz hatte ihm einmal ein rosafarbenes Rennauto und einen Hund geschenkt, ihn außerdem zu einer Flasche Apfelsaft eingeladen. Wesentliche Dinge merkt man sich ein Leben lang. Und Haare schneiden kann Udo ja auch, wie allgemein bekannt. Na denn.

Januar 2006 (6 Jahre und 1 Monat)
Berlin, Bennett sitzt auf der Toilette – und stolz lässt er die Mutter wissen: *Mein Penis ist schon ganz schön gewachsen.* Besser als geschrumpft.

8. April 2006 (6 Jahre und 4 Monate)
Berlin. Bennett und Papa unterhalten sich im Wohnzimmer von

Mann zu Mann. Der Vater fragt seinen Sohn, woher denn wohl die Pizza komme. *Aus Italien, Papa, das weiß ich doch schon längst!* Richtig, sagt der stolze Vater, und fügt besserwisserisch noch hinzu: aus Neapel, um genau zu sein. Weiter geht's mit den Zutaten: Und woher, lieber Bennett, kommen die Tomaten? Bennett hat keine Ahnung. So muss der allwissende Vater wieder einmal einspringen. (Und das tut er auch immer sehr gern. Sein eigener Vater war leidenschaftlicher Lehrer, wahrlich ein Lehrer aus Berufung.) „Die Tomaten, lieber Bennett, die stammen aus Amerika. Und wer hat diese Tomaten aus Amerika nach Europa, also auch nach Italien und Deutschland, gebracht?" Bennett hat verstanden, er weiß jetzt, worauf sein Papa hinaus möchte und löst das Rätsel sofort: *Papa, das warst du!*

Der Papa ist sichtlich gerührt. Vieles, auch nicht immer Sinnvolles, bringt er von seinen Dienstreisen mit, vor allem für seine Kinder. Aber nicht er, sondern Christoph Kolumbus war der Mann gewesen, der die Tomaten damals mit an Bord nahm. Trotzdem schön, wenn einem solche vorausschauende Aktivitäten unterstellt werden.

April 2006 (6 Jahre und 4 Monate)

Berlin-Charlottenburg. Mama und Bennett unterhalten sich im Kinderzimmer, es geht um Dinosaurier. Bennett will es heute genau wissen: *Mama, woher kommen denn die Namen der Dinosaurier?* Mama erklärt: „Die Namen der Saurier sind aus dem Griechischen und Lateinischen zusammengesetzt – z. B. bedeutet Tyrannosaurus Rex in etwa König der Tyrannen-Eidechsen." Bennett ist beeindruckt, zugleich auch ein bisschen verängstigt: *Die Namen hören sich sehr gefährlich an, Mama!* Recht hat er. Sie sind tatsächlich Respekt einflößend.

LIEBLINGSCHWESTER. LIEBLINGSBRUDER.

FORTSETZUNG
FOLGT

Artdirection: Claudia Steigleder (Berlin)
Lektorat: Dr. Henning Hirsch (Köln)
Fotos: Dr. Bernhard F. Reiter (Berlin)

Der Autor

ÜBER DEN AUTOR

Bernhard F. Reiter wurde 1960 in Valparaíso/Chile geboren und wuchs in Schleswig-Holstein auf.

Studium der Germanistik, Italianistik sowie Publizistik an der Freien Universität Berlin und an der Università degli Studi di Padova: MA, Dr. phil.

Berufliche Stationen: Persönlicher, MdB-/Europareferent, Projektentwickler, PR-ler, Konzeptionierer, Texter, Lektor, Geschäftsführer und selbstständiger Berater in der freien Wirtschaft.

Arbeitsschwerpunkte: Straßenverkehrssicherheit (Berlin, Brüssel, Dresden, Düsseldorf), Verkehrspsychologie/medizin, Fahr/lehrer/ausbildung, Mobilität (MIV/ÖPNV), Kommunikation/Präsentation in Wort und Schrift.

Der stolze Vater von Alisa & Bennett lebt seit vielen Jahren in Berlin und ist außerdem der größte Beatles-Fan aller Zeiten auf dem Kontinent...

Printed in Great Britain
by Amazon

49075778R10069